中国国际文化交流基金会
妫川文学发展基金资助

兴旺的土地

曹兴旺　著

长江出版传媒

长江文艺出版社

图书在版编目（ＣＩＰ）数据

兴旺的土地 / 曹兴旺著. -- 武汉：长江文艺出版
社，2020.11
ISBN 978-7-5702-1730-4

Ⅰ. ①兴… Ⅱ. ①曹… Ⅲ. ①诗集－中国－当代
Ⅳ. ①I227

中国版本图书馆 CIP 数据核字(2020)第 143122 号

责任编辑：谈　骁　　　　　　　责任校对：毛　娟
封面设计：祁泽娟　　　　　　　责任印制：邱　莉　　王光兴

出版：
地址：武汉市雄楚大街 268 号　　　邮编：430070
发行：长江文艺出版社
http://www.cjlap.com
印刷：武汉中科兴业印务有限公司

开本：880 毫米×1230 毫米　　1/32　　印张：10.375　　插页：2 页
版次：2020 年 11 月第 1 版　　　2020 年 11 月第 1 次印刷
字数：221 千字

定价：45.00 元

序

李青松

初识曹兴旺是在二十世纪九十年代初期。

当时，我在一家报社当编辑，经常接到他的来稿。那时的曹兴旺还是小曹。我们小曹小曹地叫着，一叫就是几十年，以至于小曹成了老曹，可我们还是叫他小曹。曹兴旺说："山村的故事是从早晨开始的。山村的早晨，是一幅清新透亮的山水画。"是的，读曹兴旺的作品，就像是看山水画。

他的作品中，有松林、柳树、古槐、鸟巢、菊花、冬雪、秋雨、火炕、炊烟、大雁、刺猬、耕牛、喜鹊，也有父亲、母亲、三姨、小姨、岳父、教师、局长、造林人、护林人等等。总之，作品呈现的都是延庆土地上的人和事，散发着浓郁的地域气息和地域风情。

曹兴旺生于延庆四海镇海字口村，村庄的四周都是大山。此人朴实、诚恳、善良、温暖、谦卑、忠厚，像大山一样可靠。他热爱延庆这片土地，更热爱这片土地上的人。在土地上耕作的人，从来就不会徒劳，所有的劳作都会结出果子。土地不会亏待汗水，不会亏待时间，不会亏待每一个索求有度的人。

曹兴旺的作品情感真挚，语言灵动，思想饱满。在这本《兴旺的土地》里，曹兴旺收获了该收获的东西。

在橘黄色的灯光下，静静地读着他的书稿，从字里行间中，我读出粗粝与细腻、旷达与温润、清丽与透明，也读出了野性与柔美。曹兴旺的作品让我们感受到许多美好的东西——无论我们身处何种境地，依然需要品德、良心和理想，依然需要大地上的一切生机勃勃到处闪亮。

曹兴旺当过中学老师，当过县林业局的干部。1991年开始发表文学作品，作品散见于《北京日报》《中国林业》《国土绿化》等报刊。他写散文，写诗，也写介于散文和诗之间的散文诗。

显然，文学不是曹兴旺人生的全部，但他的人生中，文学却占据了重要的部分。因为文学，他的人生有了色彩，有了光芒，有了意义，有了许许多多的意外和惊喜。

目　录

上部
散文诗

四季随想

八月里弹出美的旋律

八月，太阳把一个季节晒得滚烫。一枚坚果在枝头铸造了誓言的宫殿。信誓旦旦有了自己的家。

心情，在火热的八月里生根。

红脸儿的鸟儿，在八月的热浪里唱歌。湿漉漉的心情，把季节感动得五彩缤纷。

八月，在生命孕育中，露出笑脸，催促丰收从这里起航。

磨镰刀的老农，在八月里起了个大早，感受着淬过火的阳光。当热浪一茬一茬倒下，老农内心的喜悦，被等在秋天边角上的麻雀一语道破。金黄和清香一起从八月里出发，脚步变得异常沉重，蝴蝶驮着大喜过望的心情去寻找季节的魂。

八月，总有许多想象的理由。一场透雨过后，灌满浆的玉米、高粱、谷子畅想着与一双大手死死纠缠的场景。暑热和骄阳使心情好得出奇，在这八月里折腾得天翻地覆。

八月，诗人的心情与火热有关。清醒从一杯高粱酒中滴出，整个八月都爬满了写诗的灵感。

诗人颤抖的双手，把意味深长梳理得柔情蜜意。把八月的乡村当成了诗的主题，任诗情在火热的八月里发芽，破土，茁壮长大。

由于诗情的原因，季节和诗人的双眸分明有灼热的泪光闪动。激动和喜悦在八月里萌动，整装出发。

诗情，在八月里弹奏出美的旋律。

诗情，在八月里拉开了乡村收获的序曲。

春　分

一个季节，把昼夜分成两半儿，春暖花开，莺飞草长，小麦拔节，油菜花香，桃红柳绿，早已不是惊人的秘密。

这一刻，太阳直射赤道，春天贴上了温暖明媚的标签。春分麦起身，一刻值千金，是春分节气安身立命的商标。严寒拖着沉重的脚步退去，莺飞燕舞，杨柳青青粉墨登场。昼夜均，寒暑平，燕子加快了飞翔速度。春分，冷暖空气格格不入，激活了电闪雷鸣，唤醒了阴雨倒春寒。一半是海洋，一半是火焰。春分把季节搅拌得有滋有味。

春分是奋斗的起点，是前进的号角，是收获的保证。

春分是个大开大合的节气，是蓄力待发的节气。

春分，旋律是跳跃的，曲调是优美的。春分，让人与自然更和谐。

春的含义

燕子衔着一个季节遥遥而至，不留神，春天便掉在了地上。柳树笑弯了腰。

布谷鸟婉转的歌声欢送冬的远去。日子挨着日子，因为冬天留下许多话题，春的思考更显得丰富多彩。

春是点燃红烛的日子，站在春的村口，思考便刮起了绿色的雄风。雄风掠过干渴的土地，艰辛与收获像一对孪生兄弟，在充满轻盈嫩绿的呐喊中打拼。

春，让时间解开记忆的纽扣，一条充满大大小小结的缆绳，在高挽裤腿的脚下，被迫沿着春的走向，回到了原来属于她的诗歌的家园，勤劳的人们用汗水和阳光丈量着各自的希望。

春，用质朴的情感，用全部的精力，孕育生命的信息，启迪秋天的辉煌。奔走相告总是成为一种时尚。在春雨中，把整个季节诵成鲜亮的诗章。春光，若缎，似虹，带着音乐，在朦胧中呓语，从树枝上起航，驶进生命即将破壳的胎衣状态，繁衍着让人心动的青翠浩荡。

春

当城市和乡村的视觉和嗅觉被打开，春便华丽地登场了。原先的那个世界沉没了，春的王国诞生了。

人们集中活动的地方，离太阳很近。因此，思想和欲念被春感染了。许多绿的意象在春天里尽情地舞蹈。

当春的使者——小草在脚下任意蔓延，春的诚恳和忠实，便暴露无遗。

春和俏丽连在一起，俏丽的影子像秋天的土地上静静生长的蘑菇。所有麻痹的地方都开始苏醒。理智、想象、意境和灵感在春的驿站里起航。

种子经过一个季节的悸动，从心的底部发出清脆的尖叫声，外衣被阳光剥落，内心把季节覆盖，大地充满活力。

写诗的人坐在春的河流里看鱼并构思绿叶的成长过程，绿叶在春的河流里查阅昆虫的履历，逗引小鱼时常跳出水面，昆虫在露水的湖里游荡。

一只小蜜蜂站在枝头看风景，在人们的眼中，它是勤劳智慧的化身，又是一朵跳跃的小花。

春　讯

当冬天的脚步略感乏力的时候，春，便在田野里鼓动着双翅，准备飞过寒冷的意境，去生长复苏的情节。

构思了一冬的春讯，牵着略带寒意的轻风，涨满荒芜的视野。天边，一首淡淡的春歌，把冬日的积雪融化，晶莹透明的彩照，只好放进记忆的相册。

柔软的柳条。伸出鹅黄色的纤手，轻轻抚摩着刚刚解冻的水面。性急的彩蝶，匆忙给柳树的枝头缀上花朵。温暖和甜蜜，被脱掉冬装的人们诵成染色的音符。

农舍里的春歌，与炊烟一起升腾，增色了天边那一束彩虹。

大雁报春的叫声，掉进郊野被犁铧翻过的土地，孕育着丰收年的喜悦。

枝杈上的鹅黄性急地显露身份，决心与柳枝一争高下。春雷终于找到了机会，向宇宙发出了怒吼，春雨乖乖地溜出家门，与干渴的土地汇合。

春讯，给季节带来五彩缤纷。

大雁被秋风带走

秋天的雨，因为秋风，比起春雨、夏雨来得更加急促，让人来不及体味与分享。

秋风，把秋天的一切紧紧地揽入怀中。它要占有秋天的一切。但是，秋风失去了一切，唯独带走了大雁。带走了那时而排成人字、时而排成一字的雁群。

当人们在钟情秋天、赞美金黄、畅想收获时，从天空跌落下那瘦瘦的雁声，告诉人们，大雁被秋风带走了。

大雁被秋风带走，秋天在乡亲们的眸子里更显得生动与深刻。我们感谢秋风，我们感谢大雁，我们感谢丰裕的秋天。

是谁，最先踏破残冬的积雪，从正月里跋涉？是谁，最先刨开尚未苏醒的泥土，把阳光和希望植入大地。这一切的一切，不都是秋风带走大雁后的回忆吗？

大雁被秋风带走，人们捡起瘦瘦的雁鸣，绾起对大雁的思念，用收获、喜悦和憧憬，填充大雁离去而留下的空白。

冬　天

冬天野蛮地霸占着所有柔情的生命，寒冷空旷的屋子里，贫困挤在一起睡觉。大地苍白的颜色，被寒冷冻结，体肤坚硬无比。

大批大批的树叶，用苍白无助的脸，去粉饰通往天堂的大道。当悲伤不被计较的时候，阳光继续放纵自己的冲动，压制着已经为想象哭泣很久很久的灵魂。

寒风掠过树光秃秃的头顶，肆虐已经不是最佳方式。树挺拔地昂起头来，对不文明的语言犯下的不可饶恕的罪恶，不屑一顾。

在寒冷的冬天里放歌，穿透力加倍。粗鲁的音符和一针见血的歌词，揭露了季节的挥霍无度，忏悔是早晚的事。

乌云痛苦地改变着自己，摆脱季节对自己的羁绊，把自己白茫茫的主张洒满大地。大地在温柔的呵护下，做了一个长长的梦。

孤独，被大地梦赶得无影无踪。在苍天与大地合唱开始时，季节搜寻着离家出走的路。

冬之韵

一个梦想开启实现的模式，妫川大地卷过一浪又一浪的申办冬奥的浪潮。

天空合上幽蓝的眼睛，妫川大地上这个小小的县城就成为一座孤独的岛屿。欢乐如海浪般轻轻拍打着申办冬奥的梦境。

闭上眼睛，冬之韵不是欢呼激动、鲜花和雪组成吗？妫川广阔而自由的天空里，我们宿命的星辰永远闪烁神秘莫测的光芒。

谁也不曾诧异，谁也不曾察觉，妫川冬季是这样的晶莹剔透。丝绒般的感觉里有一种细琐之极的东西掠过，那就是妫川的雪。

雪景年年有，今年又不同。雪花或大或小地下，仿佛受伤的羽毛纷纷扬扬。伸手触摸一下，即时化为雨水。不！不是雨水，分明是申办冬奥成功后激动的泪水。

妫川大地是一片宽容的富饶的文明的大地。妫川大地的冬韵是一首慷慨激昂的歌。

沸　腾

走过来了，一支沸腾的大军走过来了。从此，寒冬就成了久远的故事和耐人寻味的传说。

茫茫的天宇下、广袤的田野中，生命的旺季爬上了春天的脊背。沸腾的大军，高举着镐头向沙尘和荒凉宣战。一行行，一串串，浸透着汗珠的足印，是留给后人的永恒的话题。

走过来了，一支沸腾的大军走过来了。充满野性的荒凉，夹着沙尘暴仓皇逃跑。绿色的信任蔓延、升华。

生命，在沸腾之后，更加生动和茁壮。

深沉的土地，无奈地停止了惯例性的思索。调色板随着镐头旋转，一个大写的绿字重重叠叠，青翠欲滴蔓延到了天边。

走过来了，一支沸腾的大军走过来了。沸腾把前面充满绿色遐想的小路拓成身后一条碧玉似的彩带。

沸腾，是一个季节的颤动，天空大地在颤动中完成蜕变。

丰盈的夏季

春天的脚步还未走远，夏季便迫不及待地登上了五彩纷呈的舞台。夏季是名副其实的主角。

花朵，是夏季的天使。各种颜色在热闹的枝头，展开一阵温柔的爆炸，一个丰盈季节的相思，在夏季开始饱满。各种奇思遐想在丰盈的夏季里忙得不可开交。

淳朴的肢体上，装饰着警惕的野性和大胆，在春天就喊过多少次的疼爱，在夏季显得那么真实和可信。各种花朵把姿态、颜色和情感，向世人袒露得实实在在。

丰盈的夏季，一切生命的节奏都会变快，整个季节都在不停地为春天播种歌功颂德，为秋天收获积蓄力量。

燃烧和辐射是太阳的法则，枯黄和坠落是落叶的法则。美丽丰盈和奇特是夏季的法则。

夏季最容易产生奇特的现象。当你走近森林，会在太阳去不了的地方看到一种精灵——蘑菇。它们一来到尘世，就打着一把伞，一生一世都不愿意看见太阳。

夏季有一种撩人的情绪，那是固定的旋律。夏舞者抒怀无羁，以全身心的狂放宣读或朗诵丰盈的夏季。

关于春天

春天的脚步，咚咚作响，惊醒了鸽子的梦。翩翩起舞是春天和季节的缠绵，春天是永恒的主题。

在走向春天的拐弯处，一枝腊梅高举着火红的祝福，迎接着春的脚步发出的声响，深情地与春交融。一声春雷，成全了春的遐想之梦。

春天，故事总是十分精彩。漫不经心地在大山里游荡，在田野里放歌，是春天对大自然的忘我投入。

春天是诗人踏青和写诗的季节。回眸，冬天的画板上，明朗朗地写着冬天对春天的许诺。诗歌的理想，在春天里放飞，诗歌的灵魂，在春天里强壮。

往林中看，树上的火焰从春天的气息中走来，闪闪的光束，穿过晃动的枝条，一粒粒春天的种子，在春天的怀抱里悸动，于是，梦与枝头一起发芽。

春天的躁动，让黑土地笑咧嘴唇。播种，是春天的头等大事。冲动，在春天里长大，灵魂的家园被春雾淹没于一念之间，而一路的喘息，最终魔幻为雄性的图腾。

春天的眼睛，让恍然与迷蒙醒悟。一万只春草的耳朵，在春天里泛动。衔泥的燕子把一缕缕春意，携进屋檐下的家。

春天，所有生灵的心事都开始萌动，或温柔，或汹涌，或涓涓细流或排山倒海。粗犷而响亮的声音过后，大地竖起神经，聆听春天粉墨登场后的感言。

春天是课堂，春天是舞台，春天是战场。在春天里搏击，所有疲惫的思绪和伤痕，在春天里痊愈。

花朵在春天里奔跑

花朵成熟的裸美，把春天里所有的情节感动。小草、树木心情极好，与阳光窃窃私语，心中的秘密弥漫到春天的每一个角落。

绿色，是春天的通道，通过绿色通道，花朵在春天的生命里奔跑。

花朵的语言无穷无尽，花朵的思绪在春天的田野里奔跑。有一种声音，被一种雄性的呐喊所牵引。有一种现象被一种雄性的潮水所淹没。被阳光割出的好心情，给春天脱下外衣，花朵奔跑的速度更快。裸美在所有的雄性吸引下升华。

花朵是簪在春天发髻上的舞蝶，看她一眼，仔细倾听轻吟，与这个季节产生恋情，将不可避免。

花朵最懂得风的语言、雪的语言、雨的语言、寂寞的语言。当醒悟与绽放叠筑成一定的高度，花朵在春天的生命里奔跑成为永恒。

花朵，在春天里奔跑，无论是一个季节，还是一个瞬间，生命的绚烂、生命的威力、生命的瑰丽都会让春天更精彩异常。

花朵，在春天里奔跑，散失于道路上的足迹将吐出新芽。当春天感到气喘吁吁时，花朵仍用不停的奔跑，把春天里所有的情感点燃。

花朵在春天里奔跑，身后交织着琴声、掌声和歌声……

季节的标志

当风的脚步略显凝重的时候，阳光让整个世界变得五颜六色。一个季节没有任何修饰，本本色色登场。

生命的意义出现了严肃性的转折，习惯性地在红色中燃烧，早已成了一个季节的标志。无独有偶，一种诗意的挺拔，在不经意间，把一个季节描绘得淋漓尽致。

所有灵魂的花瓣儿，在季节边缘的人们倾心浇灌下，开出布满天边的鲜艳，来自内心的歌吟，把季节的主流，吹奏出感恩的颂歌。

一个季节，带着上天赋予的巧合，把金黄涂抹到晚秋的全身。佛的禅意，刻意地将世间的苦难诠释一尽。许许多多生生死死的理由，在这个季节理直气壮地粉饰自己的归途。在许久远许久远的梦中，多少支颂歌，畅意地爬上聪明透顶的额际，季节开始沸腾，季节开始躁动，季节在不安地寻找着什么。

想象中的季节，在时间的刻度上，渐渐远去，很会抒情的鸟儿，在歌唱的间隙，抖落掉身上的灰尘，望着季节走来又远去，读不懂的眼神，少了些许柔亮的光泽。

广阔、自由、无拘无束的天空，给季节提供了为命运搏斗的空间。回首那些空灵、秀美的花，争相吐艳的景，季节在反思，季节的心灵在悸动。

挫折、困苦、磨难，是季节生命的沃土，无法抵御的诱惑，站在心灵的最高点，让季节的心灵充满阳光。

无数名使者，在天边读着季节的文字，回答季节的考题。彩虹包围过来，季节下定远去的决心。秋风吹起路上的尘埃，金黄的树叶错落叠成一片纯真，季节高唱凯歌，前边的路已经繁花似锦。

村中小河

在我很小的时候，村中有一条小河。河水不大不小，无忧无虑。小河跟村里的大事小情有着千丝万缕的联系。小河曲曲折折，流水哗哗，站在河边，闭上眼睛仔细听，有如蹦跳的音符在河床里奔跑。

小河背负着春夏秋冬，把家乡父老辛勤劳作的期望带到村外，在遥远的地方扎根。

摸一摸小河的流水，便握住了家乡温存的手掌。

小时候好奇，到处寻找小河的源头。现在终于明白，原来小河和我出生在同一个地方。

村中那口水井，是村里人几辈子都忘不掉的一首古老的歌，水井没有现代味，却孕育了全村几辈人。

水井旁边的空地，是乡亲们抒情的场所。一节一节的农事，一段一段的传奇，都在井边安上了翅膀。

春季，水井附耳倾听着镰刀在收获中歌唱。一种升华了的乡情，在水井旁边徜徉。乡亲们从井里打上来的是有滋有味的日子。

立 春

立春，打开了二十四节气的序幕。

立春，春天的开始。春是温暖，鸟语花香；春是生长，耕耘播种。

中国古代四立，是春、夏、秋、冬四季的开始。因此，春种、夏长、秋收、冬藏，合理解释了生产与气候的全部。

一场春雨过后，和煦温暖的风，把树枝拉得很长很长，雨滴沿着既定的路线，收拾好细碎的情绪，在高大的松树的枝杈上筑巢。

春雨滋润了土地，春雨让大地清新自如。

河面上漂浮着的碎冰片与河中的小鱼感到这个世界清爽无比。冰片顺流而下，小鱼则不愿意远离自己的家。

雷声，是春的报告，是春的证明，徒步从遥远的天际走来。

立春，便不再寂寞，日子也不再沉闷。

立春为我们开了一扇优雅的门，门外精彩纷呈，门外惊涛骇浪，我们得到考验和锻炼。

七月的心情

七月，太阳把一个季节晒得滚烫。一枚浆果在枝头铸造了誓言的宫殿。

心情，在火热的七月里生根。

红脸的鸟儿，在七月的热浪里唱歌。湿漉漉的心情，把季节感动得五彩缤纷。

七月，在生命孕育中，露出笑脸，催促丰收从这里起航。

磨镰的老农，在七月里起个大早，争先恐后去感受淬过火的阳光。当热浪一茬一茬地倒下，磨镰老农内心的喜悦，被等在秋天边角上的麻雀一语道破。金黄和清香一起从七月出发，脚步在八月里变得沉重起来，蝴蝶驮着心情去寻找季节的魂。

七月，总有许多想象的理由。一场透雨过后，灌满浆的玉米畅想着与一双大手死死纠缠的情景。小暑和大暑心情好得出奇，在七月里折腾得天翻地覆。

默契，在七月里显得尤为重要。因为成熟与心情为了一个目标结伴同行。

七月，诗人的心情与火热有关。清醒从一杯高粱酒中滴出，整个七月都爬满了写诗的灵感。

诗人颤抖的双手，把意味深长梳理得柔情蜜意。把七月流火当成诗的主题。

心情在火热的七月里发芽。

季节和诗人的双眸分明有灼热的泪光闪动。激动和喜悦在七月里萌动。

心情，在七月里"野心"勃勃。

一首散文诗，在七月里拉开帷幕。

秋　天

太阳改变一下姿势，阳光向大地陈述着日子的故事。天空和田野的距离越来越远。天高云淡成为佳话。

田野的丰满，让田间小路狭窄了许多。

满树的叶子，有几片偷偷地发黄。诅咒的声音不高，但果实赫然起立，饥饿忘记了心存歹念的日子在不远处窥探。

值得祝福的季节，收成在所有的意念里炸开，成熟形成了一个坚强的概念。男人的笑脸与太阳的笑脸相似，女人的笑脸比月亮的笑脸妩媚许多。

耕牛在不远处的山脚下沾沾自喜，为春天的辛勤劳作斟酌自己的操行评语。

几只蜻蜓的翅膀颜色加深，珍惜有限的时光，留恋秋天的景色。

跋涉，在季节的深处休息，金色明朗的季节，让男人的脊背弓成了一座桥。从桥上走过，你会从心底发出一种震颤，手中的镰刀把希冀割成壮硕的果实，填满季节的角角落落。

丰收是一个节点，欢乐是发自内心的一种真情。

鼓足勇气，为秋天喝彩。

秋的遐想

天高云淡的季节，田野、天空变成了两幅绝妙的图画。翠绿的夏天还没有完全枯萎时，树叶早已是春天和夏天的遗物。

同时，也是季节献上的昂贵的礼物。

初秋的目光，依然温暖。旷远的天，斑斓的花朵，憨实的土地，把岁月的清霜白雪，留在了空气的记忆深处。

几分爽人的清凉，澄清了酷夏的混浊。青翠欲滴心甘情愿地留在果实的记忆深处。

蝴蝶、蜻蜓、萤火虫、柳树叶……这些可爱的东西在晚风中乘凉。

它们不知道自己的真相。

夜在它们的身后，寂静、辽阔、神秘……还替它们写好了病历。

风，不紧不慢地回忆着过去。果香沿着风的轨迹，把丰收的喜悦洒满人间的各个角落。

风，回忆着曾埋伏在夏天背后的那段时光，经常听到的是清脆的鸟鸣。鸟的叫声没有任何细节，穿透浓密的绿荫，一片叶子在风的鼓励下，勇敢地跳了下来。刚一落地，便马上后悔，为盲目地追赶季节，付出了巨大的代价。

初秋，有热烈的溪。溪水哗啦哗啦地说个没完，一个主题，去赴秋的盛宴。溪边的孩子，蹦蹦跳跳与风共舞，果香让孩子们的歌谣长上翅膀飞到大街小巷。

中秋，有温情的湖。湖水轻轻呓语，念念不忘盛夏时的功绩。

深秋，有冷静的露。露滴那样轻盈无语，为冬季的辉煌蓄力。深沉在日子里长大，丰硕在时间里膨胀。

硕果累累站在冬季门前显富。

秋 雨

一场秋风一场雨，一场秋雨一场寒。

秋风、秋雨、秋寒，冬天就要来到了。

夜听秋雨，滴滴答答；我拉开窗帘，只看到外面的暮色阴沉，就着楼前的路灯，夜色中的雨点直落水坑，溅起一个又一个圆圈，圈套圈，环套环，又渐渐散去。听秋雨，我躺在床上，听楼外管道的哗啦哗啦声，自然的节奏把我带到了梦乡。清晨雨声阵阵，小一阵，大一阵，一阵紧一阵，一阵松一阵。密集的雨点从天而降如万条丝绦。满地积聚成径流，悄然静走，汇入妫河。

看着秋雨，我的脑海又回到了孩童时代，秋风萧萧，秋雨阵阵，不知寒意的我穿着打补丁的单衣，赤着脚，和小伙伴们玩水嬉戏，你我对望，头发缕缕滴水，双颊雨水淌流。忽然觉得瑟瑟发抖，一溜小跑回家去焐热炕头。我透过只有一个窗户眼那么大的玻璃，看着院角的那棵老梨树叶子已被秋风染得红黄红黄的，煞是好看，滴滴雨水把叶子洗刷得干干净净，雨水顺着叶子滴入了肥沃的土地。我望着，望着，天上怎么会下雨呢？梨树的叶子怎么会红呢？秋雨引起了我的遐想，雨滴搅乱了我的思绪，我出神，我迷茫——

现在的我，从事了多年的林业工作。我喜欢秋天，我盼望秋雨。喜欢秋天是秋景怡人，枫叶似丹，万山红遍，锦绣绵延；盼望秋雨是沐浴大自然的一草一木，不再燃起森林火灾，浇灌我亲手栽的油松、侧柏，让它们安然地度过严寒的冬天。

秋风哗哗啦啦，秋雨滴滴答答，你滋润了万物大地，你滴入了我的心田，心跳在咚哒，雨水在滴答……

秋天情结

窗户只开了一道小缝，风却汹涌般闯进来。我的目光在风走过的地方驻足，整个人都被窗外的那幅秋图所吸引。

凉凉的风，把我的意识搅乱。窗外，远处仿佛有一个声音在夸张地喧哗。细听，像是镰刀挥舞着秋风，在收割沉甸甸的希冀和熟透了的日子，也收割我已经走过的人生旅程。

落叶，举着自己的命运，在秋风里游来荡去，了无牵挂的念头油然而生。即将南去的大雁与日渐苍老的夕阳恋恋话别，披着霞光的云朵心情舒畅地向天边走去。

秋日，是遐想的季节，记忆的船儿驶向儿时眼中的大海。无拘无束的梦幻和歌谣，让我秋日的遐想，不再单薄无助。

远去的年月，躲在消逝的记忆深处，那口甘醇清冽的老井，载着我儿时的欢乐，被岁月和时间掩埋，一个久远的神往，让我的秋日遐想也同样甘醇清冽。也许是那一辈子也放不下的执着和情结，让我对一个远去的年代那么刻骨铭心。

岁月如歌，无拘无束的时光已被投进永不开启的信箱。

值得为远去的青春唱赞歌吗？

当人生旅途的行囊增加了无数道生命的刻痕，当一个接一个秋天与我匆匆擦肩而过，当我的思绪不再那么稚嫩，我的思想不再那样单纯，我应该为我的青春靓丽欢呼，还是为我的青春无为而惭愧？

回首试想，人生就应该像窗外被秋风荡来荡去的落叶一样，也有过成功，也有过成熟，也有过辉煌，也有过丰收，也有过骄傲，但追求的，应该是一个共同的，在消亡中获得再生的永恒的真理。

秋日是大自然应该把握的季节。这个季节，更应把握人生。不错过任何一个机遇，用自己的双手，去主宰自己的思想和命运，让本已歉收的青春不断地充实、丰满、无愧。

错过季节，只是在人生的记忆中增添些许遗憾，而错过青春，生命会背负沉重的负担，步履蹒跚。

秋天年年都有，而青春只有一次。

遐想的秋天，是个很好的秋天。

秋在季节深处悸动

当大雁随着风渐渐远去，秋在季节深处不安分起来。天空越来越高，大雁在水里投下了倒影，天空与大雁的倒影之间只隔着一层枯草的距离。白云从树梢上滑过那一刹那，秋的意义更加真实和伟大。

秋风很特别，轻轻一吹，阳光的骨头就软了。

往远处看，一棵半青的小草哼着小曲走过来，一不小心被秋风绊倒。倔强的小草爬起来，面带微笑接受风的洗礼。

秋的脚步踏响拼搏的旋律，每一步都有可能是个奇迹。

秋月，是一个大问题，又大又圆。骑在牛背上唱歌的歌手，时不时用那一声长哞，纠正自己跑调的旋律。密不透风的秋的深处，夏天在那里枯萎。

蝴蝶、蜻蜓、蝉、树叶、花朵，争抢着在秋风中乘凉。它们在季节深处庆祝自己的辉煌，时而为自己的成功沾沾自喜。它们万万没有想到，夜在寂静中站在它们的背后，为它们的命运感叹悲伤。

秋在季节深处悸动一次，大势已去的事实就会十分冷静和沉默。从金色走向安详的过程虽短，瘦瘦的雁鸣声，伴着收获、喜悦、憧憬让风光从容度过。

诗人的秋天

诗人的秋天迈着成熟而丰满的脚步，唱着丰收的心曲，从田野、从小河、从树林、从天穿走来。

诗人的秋天，每一个日子都很饱满。沉甸甸的信念折射出绿色、湿润、蓬勃、清新灿烂的光环。诗人的灵感几乎结束了疯长的势头，定格在辉煌的寓所。

诗人执着地跋涉了一个季节，踽踽地来到秋的门口，在秋光、秋风、秋雨的督促下，把不同的生活阅历，审视成艺术之花，去表现如谜的情感和人生。

诗人总爱在秋天里做梦，梦见一条条大河，缠绕着创作的轮回，水清如镜，把诗人的作品冲扩得无比透亮，唯一的一种期望，用别具一格的方式，描绘诗人灿烂的笑脸。

一条条长长的大河，顿时变成了一条条扎满鲜花的彩带。

诗人的秋天经过丰富和生动之后，一条条风筝的轨迹，把诗人包围。

诗人的秋天，是放飞的秋天。

诗人的秋天，是收获的秋天。

晚　秋

　　一场秋雨过后，在季节的催促下，意犹未尽的秋变成了晚秋。

　　七分深黄，二分恣意芬芳，一分淡淡的寒意，晚秋，在所有的诗行里定格。晚秋，体现出最温柔的沧桑，一片树叶，最漫不经心的刻意渲染。一片厚厚的树叶从树上落下，砸碎了地上的枯草。仔细观察，深秋的影子一闪而过。

　　秋意渐浓，秋的眼眸穿透所有的相思，成熟的美在晚秋放大着自己的心事。雨在晚秋的拉扯下，悠长悠长地装饰着晚秋的梦。所有的质疑，在晚秋里显得多么的苍白无助。

　　春天可以无尽地遐想，夏天可以纵情地歌唱，秋天可以甜蜜地收获，而晚秋，则是在消亡中获得再生的永恒。

　　晚秋，风略显疲惫，透过昨日的笑声，能看见风那飞舞的灵魂。断墙下，山口边，一丝寒意焦急地等待与风幽会。

　　在晚秋的季节里，时光已经消逝在记忆深处。风的甘醇，风的清冽，被晚秋的岁月风沙掩埋为一个永远的神往。

　　不要错过晚秋这个季节，错过了，人生的记忆里就会平添些许遗憾和怀念。

微笑的季节

　　秋天的脸颊不知不觉地染上了红晕，太阳站在西山头上窃笑。苞米笑了，笑得露出了一排排整齐的牙齿。谷穗笑了，笑得直不起腰来。红高粱笑了，笑自己庆幸把自己的心事填满，寻找感恩的机会。

苹果，牢记花开季节甜言蜜语的嘱托，打开自己的心扉，接纳来自四面八方的赞美。

树叶，每落一片，都是一份情谊，每片树叶都是一个笑脸。树叶多了，就组成了一个淡淡的梦境，在回忆整个过程中的微笑。

微笑的季节，总是一个温馨的季节，一个硕果累累的季节。

微笑的季节，是所有愿望开花结果的季节。

五月，放飞灿烂

五月，是蒸蒸腾腾的季节，是阳光无比灿烂的季节。

来吧！在五月里感受，在五月里放飞灿烂。一身便装的五月风，步履很轻、很柔，带着没有污染的清新，款款地走进五月。

大山、河流、村镇少了喧嚣，多了几分浓浓的韵律。被装潢了的五月，站在时光隧道的一端，被放飞灿烂的人们，阅读成绿茵茵的记忆珍本。

五月，太阳灿烂得炎热，月亮灿烂得妩媚，大地灿烂得兴奋异常。五月，是放飞灿烂的季节。

五月，刚刚被垦过的土地，舒展开劳累的躯体，接纳太阳和月亮的呢语，孕育着希望和文明。

听吧！五月之声妙曼如乐，五月之步潇洒如舞。

灿烂，把五月丰富成绿油油的梦。

灿烂，把五月浇灌成一朵香喷喷的花。人们的心情在五月里拔节，在灿烂中结果。

来吧！让我们放飞五月的灿烂，去成熟一个丰满的年华。

夏　天

火热从来都是夏天的主题。

当春天满载着赞美、歌颂、吟咏，自言自语地数叨着风和日丽和万紫千红的日子，像一列火车一样，隆隆而去的时候，夏天寡言少语地迈着坚实的步伐来了。耳边听到的是人们对春天离去的惋惜。

没有人或很少有人注意它。花环不属于它，赞美与它无缘。火热，骄阳似火让夏天汗流浃背。当人们抱怨着炎热与酷暑时，夏天却不声不响地伸出无数的手掌，为辛勤劳作的人遮阴。

当人们的思绪也汗流浃背时，夏天精心营造了碧绿，缔造了绿的海洋，把一年四季的情绪调至极点。

热浪恣意肆虐，风暴蛮横无理，雷雨闪电狂躁不息。夏天全然不顾，一如既往地幻想未来。为秋的丰满忙忙碌碌。

夏天的炎热，很像喋喋不休的说教。但绿色的旗帜总能挂满天空，让秋的面颊，渐生红润，让秋天的果实更加饱满。

春天得到了赞美，秋天得到了收获，冬天把童话献给孩子们，而夏天呢，夏天得到了什么？是人们的褒奖和赞美？

乡村七月

一

蝉一遍一遍地背诵远去季节的嘱托。七月，用汗流浃背证明着自己。成熟从这里起步。

蝉鸣的远端，想象着的秋天，正向我们一步步靠近。七月的风，在乡村上空盘旋，火热被风感染。金色的液汁从风的唇边滑落，滴在老农的脸上，禾苗在老农的笑声中飞快成长。

二

七月的黄昏，被一群一群的蜻蜓无休止地纠缠着，显得很疲惫，很无奈。但心满意足的感觉，让七月的黄昏淡定了许多。

蜻蜓累了，停在夕阳的肩头休息。太阳的余晖懒洋洋的姿态让乡村七月的黄昏总是韵味十足。

手持牛鞭的汉子，在黄昏里想着心事。路边的杨树、柳树在七月的黄昏里，它们生命的影子最长。所以，放牛汉子的心事更离奇，更曲折。

老农烟袋里的故事，在黄昏情绪中渐渐精彩。但最精彩的是夕阳的余晖很早就铺陈着明晨朝日的温床。

三

夜深了，乡村安静了。许多抒情的鸟儿一边抖落着漂亮的羽毛，一边与天上星斗对话。不知是谁家的柴门不严，一只狗溜了出来，冷不丁地一叫，把抒情的鸟儿吓了一跳，拍拍翅膀摸着黑飞走了。天上的星星笑了，笑得浑身乱颤。

乡村七月最忙，因为乡村在七月里不必伪装，热情奔放，放声歌唱，憧憬未来，是乡村七月的主旋律。

理想，在乡村七月里安上翅膀。

信念，在乡村七月里苗壮成长。

乡村七月，是火红的梦，是痴情的歌。

乡村七月，保存了跋涉者的生机盎然和蓬蓬勃勃。

又逢中秋月圆时

一个刻在农历上的日子。一轮千古明月，被多少人凭栏倚窗仰望。"每逢佳节倍思亲"的词句在这一天放大。

银盆捧出喜庆、祥和。中秋的月亮，是高悬于时空的明镜，一个民族的坎坷和富强被月亮记录。

中秋与圆有关，圆月，是一个民族心中的永远的团圆。圆月中间坐着所有的母亲，圆心从此更值得敬仰。中秋的月饼与圆月有关，十几亿中华儿女用一生或几代来品味她的芳香。中华民族钟情中秋节，盼望中秋节，祝福和愿望在节日晾晒。

中秋，远离家乡的儿女，在这一天心事重重。团圆，是他们从早到晚的企盼。只要团圆，月何尝不圆圆满满。只要团圆，何愁心灵不撞出震撼。当中秋的月亮不断地眨着眼睛诉说温情时，团圆已经不是一种形式，已是一种情感交融。

中秋，风在这个季节整装待发，一片叶子落下，打碎枯草，整齐划一地迎接风的检阅，因此，风受到了巨大启发。中秋日，是多少结束，又是无数开始。中秋那圆圆的月亮，竟让人们不惜用一世的虔诚向他致敬。收获和收获的季节从中秋出发，在一个季节深处落脚，在另一个季节深处喜度中秋。

中秋，远方那艰辛的旅程和充满危险的漂泊，更显得意义重大。思念和酸甜的厚度冲破了中秋月亮周围的云层，圆月，团圆，成了人生中的主要内容，团圆成了亘古不变的向往。

中秋，温馨而伟大的节日。

雨　夜

下雨的夜晚，给写诗创造了一千个理由。

雨，是个精灵。下雨的夜，精灵把世界洗得干干净净。焦虑与不安在雨夜里痊愈。

夜深了，雨把寂寞和虚无敲打。灵感和智慧爬上书桌，诗的旅程从这里开始。

诗人在雨夜里流浪，不留神踏碎了地上水洼中的月亮。月光和诗的意境一起升华。当雨夜被笔墨染得漆黑漆黑时，既孤独又略显兴奋的闪电，在纸一样薄的天空，程序式地炸响。雨夜的雄鹰在纤长的视线里，沿着闪电的轨迹，冲向远方。

此时的雨夜，显得寂寞。灯光下的我，就是雨夜的主人。

最早的雪

认识冬天，是从最早的那场雪开始的，纷纷扬扬让一种心境踏上了远征的路程。

下雪的冬天，并非人们想象中的那样寒冷。

最早的雪，应该是一种梦，是一种渴望，是一种怀恋。它用真诚的心轻轻叩开季节的心事。

疲惫的心厌倦了枯黄的情绪，最早的雪如纯情的女孩，携一怀真情，把冬天的情愫剪成洁白的花瓣，于枯枝，于荒野，于冷漠的心空，温暖盛开。

最早的雪，覆盖了混浊与忧郁，灵性与生机仍在跃跃欲试。

于是，春的手笔，春的构思，在雪的脊背上，温馨着冬的境界与视野。有雪的冬天，故事纯真得近似神话。

最早的雪填补了绿色的履历。

最早的雪终于感悟到了自己的使命。漫天挥舞的刀光剑影结成冰，揭穿黑暗与寒冷蓄谋已久的阴谋。在有雪的日子里，黎明与黄昏，因有了雪而丰富多彩。

落雪，是生命对季节的许诺。落雪，是季节写给生命的注解。

最早的雪，在清新宁静中落下，一种无奈，来来去去修补窗外，田野和心灵中的空白。有了雪，情感才显得真实而可贵。

最早的雪，用洁白的邀请，结束了情感在梦边的徘徊。用寒梅的清雅培育了梦里的真纯。

最早的雪，激情倾诉永恒的真谛。

春天抒情

一

两只喜鹊站在春光里作秀，草坪绽出淡淡的新绿。

二

春风从我耳边掠过，我清晰地听到泥土里种子的哭泣。阳光铺满大地，春光外泄的方式从种子的哭泣声中得到答案。

三

街心公园里，一个大块的石头站起来和我说话，刚露头角的小草显得不理不睬。我的心像被春雨淋湿的禾苗。

四

阳光温柔而体贴，我把它装在杯子里，在呐喊声中吟诗诵歌。我在屋子里踱步，阳光在我心底行走。

五

耕牛喘着粗气为农夫丈量希望。春风在牛背上打滑，逗得布谷鸟忘了歌唱。谷雨前后，栽瓜点豆的谚语挤进大学的课本，走进了大学的课堂。

六

春雨淋湿了大地，花朵在日子里穿行，田野醒了，一颗颗解开梦的纽扣，迎接炸响的春雷来家中做客。

七

一株小白杨把自己站成一株普通的生命，两只蝴蝶在树上看风景，穿裙子的农家姑娘把蝴蝶笑成了两朵小花。

八

我站在春天的河流里思考一棵树的成长过程。一枚树叶在春天的怀抱里撒娇。小草举起手臂，露珠滚落下来，阳光照亮了春天的额头。抚摸，是春天给予大地最好的赏赐。

春到乡村

一

春，款款地走到村口。鹅黄、淡绿色的旗帜猎猎，让春始料不及。柔媚的风牵着春走过村里的每个角落，还没换下开裆裤的稚童在长了一岁后，仍很顽皮，追着春疯跑。

因春的缘故，河柳美成了舞女，在风的伴奏下，曼舞翩翩，令整个村庄的上空酥软缠绵。没有酥软的是乡村的魂。春，潮红的脸膛，映出美的诱惑，把村庄里的一切生命俘虏，让它们按着春的愿望，或蓬勃，或茁壮，或让农民的心事开成大红大绿的花，结成累累的果。

二

季节改旗易帜，是从春到来的那一刻开始的。一觉醒来，乡村农舍外，刚刚睁开眼睛的桃花，显得那样的动情和含蓄。台阶上留下春那饱含湿润的痕迹。

寂寞了一冬的农具，在屋檐下发出跃跃欲试的信息。春的身影不停地在农院中晃动，农家的日子开始发芽。

由于春的到来，一种渴望，一种强烈的渴望，在春与春风的陪伴下，迅速滋长。

因春的到来，乡村的白天黑夜都是美丽的。万物复苏的音韵织成一匹向野外延伸的锦缎。

三

　　冬天，是乡村庄稼人喝酒的季节。酒喝多了，庄稼人才显现踉跄的醉意。当春来了，春风来了，春雨来了，庄稼人闻了闻，便醉了。不由自主地被春牵着，在乡村田野里酩酊奔走。呓语着春雷炸响前的那段心事。

　　小溪醒了，露出舒展的惊喜，复唱着春曾经教会的歌。土地醒了，敞开胸怀，解开纽扣，等着木犁的造访和拥抱高挽裤腿的脚步。

　　在春的感召下，乡村所有的生命扇动齐刷刷的翅膀，弹起向上的旋律，帮助绿的使者远航。

春夏秋冬

春之歌

　　一不留神，河边的柳树长出满头青发，白杨，高傲地伸展腰肢，争先恐后，与唱着欢快小调的流水对话。往远处看，一条条绿色的田垄，火苗般烧成一片。

　　是谁在呐喊？原来是挣脱了寒冬禁锢的幼芽。当勤奋的鼾声把梦连成一场春雨后，幼芽如浪如云，挥师进发，一鼓作气，占领海角天涯。喜鹊和燕子把春雕成暖暖的景象。耕牛拉着沉重的犁，翻开春天的乐章。

　　被柳笛吹响的章节，一章是春雨，一章是春风。

　　在粗声大嗓的春歌中，春天的女孩牵着阳光，把辉煌的果实播种。

夏之曲

在一片赞美声中，春告别了风和日丽，满载万紫千红而去。一个火热火热的童话，爬上了根深叶茂的大树，去采访蝉的演唱会。当蝉唱完一曲骄阳似火，夏天已经汗流浃背。

夏天，最辛苦，最劳累，她把辛勤的劳动催化成碧绿，掩盖着花落春去的惋惜。夏天用火热的情感，培植果实和坚毅，孕育季节的阵痛。夏天，靠着一种执着的穿透力，让繁花似锦挂满枝头。

秋之谣

秋，是裸露自己的季节。

秋天，积蓄了宁静与深沉。枫树举着烛光，站立在火光照耀的山冈。杜鹃花还在回忆绚丽。

秋，是被人们赞美的季节。

天高云淡总是在秋天里形成，成熟和收获总是在秋天里长大。

秋雨总让人心动。

秋风总能刮出层林尽染。

秋的歌谣，总被大雁带上蓝天，飞向遥远……

冬之咏

冬天，冷静并富有哲理。远行者的足音沉沉，惊醒了整个季节。只有雪意照临的时候，冬有了另一番景象，另一种心绪。

落雪，定格在冬天的记忆深处。茫茫苍苍，无边无际，是冬天的韵律。下雪的日子，冬天才显得思绪纷纷。成熟坚硬的思考，演绎出一曲深沉的咏叹调。

　　冬天在许诺什么?

　　冬天在思考什么?

　　问一问枝头爆出的第一粒花蕾吧。

扎根土地

残长城

几千年前就昂起的头颅，覆盖着一层层厚厚的岁月风尘。金戈铁马在你的头颅里涌动。

苍老，在你的车轮里变成了未知数。灵魂不死还是真理吗？我只相信你的威武身躯还在接纳着天上的云和雨，你的心底深处，一股激流在奔腾。隐约的沉吟充满了人间的愁与怨。

残是时间的缺憾，与你无关。民族魂在你的血液里奔流不息。换个视角，你的血液会陡然汹涌成蓝色的大海。

由于蓝色的大海，河水瘦了许多。鹅卵石的形状和色彩是一幅大自然勾勒的图画，看着图画的任何一角，用心描绘你的形象，我的手握住了巍峨的山脉，用力一捏，古老葱郁的翠绿在你的身旁，显得无比伟岸。

残长城，是历史的记载。远古的洪峰，从一个雨季扑向另一个雨季。从残长城的呼唤里，获得无数次新生。尘埃，被生命洗得干干净净。

残长城是个梦，是个永远做不完的梦。道路与河流在梦里逐渐长大，凝固的时间，凝固的远古故事，在道路上奔跑，在河流上泛舟。

历史，拾掇起复杂的心情，从残长城上走下来，向远方走去。

扁担与老井

扁担无数次挣脱了世俗的羁绊，静静地躺在老房子的门头上，等着与井约会。时间在他们中间形成了一堵墙。

古井，眼睁睁地看着一个时代过去。在感慨了无数次后，本来很流畅的歌，在一个枯黄的季节飘落。

扁担和古井忧伤的泪眼对望，共同聆听街边担水脚步的响声。扁担和老井，保留了从古至今不可缺少的元素。

憧憬，曾是井的主题。扁担皱纹间的丝丝记忆，仍在千方百计地把井的主题的拓展。

寂寞的情绪，在扁担和古井之间晃动。井一激灵。仍为当年担水时的喧闹所感动。在扁担眼里，井是成熟的诱惑。

偶尔，还有顽童赶着老牛，老牛驮着夕阳，到井的身旁造访。老牛仰起头，冲天一叫，全村人都感到井和牛的存在。此时此刻，扁担会唱起比老井还老的歌。用扁担挑水的人立刻把自己关在缠绵的歌里，自己却走在老歌之外。扁担和井，从不讲寂寞和孤独，蛛网般的自来水管是一道风景，扁担和井是人们心中的一幅风景画。

村边那棵老树

村边那棵老树，站立了很久很久。因此，总有许多永恒的风景故事，不断从叼着烟袋的嘴里流出，拖着光脚的孩子在村里悄悄地迷失。那株老树是村中大姑娘、小伙子、小媳妇的魂。

老树顶天立地，触须几乎与天空叠在一起，却把根深深地埋进大地，把潮湿的感情变成常青的意义。

春夏秋冬在老树年轮上赛跑。

当树荫伸出手臂变得宁静而沉重的时候，村民们端着饭碗把明亮绿色的乐章吞进肚里。

当太阳把深秋拉出地平线的时候，秋风绕着老树冥思苦想，老树依然挺立。睡着的树叶被十分无力的蝉鸣感动了，纷纷与村民们亲近，然后，各自寻找回家的路。

是告别？是回归？还是把季节积累？

老树依然坦然。

老树依然用自己的方式，打发时间，编写季节，编写对几代人的奉献。

放牛的日子

放牛的日子，是人生初恋的诗。

放牛的日子，是激情澎湃的日子。是在那几乎生锈的岁月里一种超凡脱俗的日子。

曾经，我们必须用心拧紧生活的螺丝，否则，生活将像秋草一样干枯。

放牛是一种无奈，也是人生中的一段辉煌。牛在我的吆喝声中体味山的壮丽、草的香甜。我的人生丰满了许多。

牛象征着勤劳、朴实。与牛接触，一种精神，牛气冲天。我摘下一片宽宽的草叶，横在嘴边，在黄昏的宁静中，牛背上响起悦耳的音乐。

放牛的日子，我与森林对话，在森林的心底，寻找我曾栽种的那份希望。

放牛的日子，让我学会了用理性的眼光审视世界。我知道了什么都信和什么都不信同样可悲。我更知道，宽厚待人、严于律己是做人立业的根本。

牛背上的人生是首诗。

放牛的日子是许多诗汇集起的诗集。

复　活

时间不断地积累，许多东西在水与火的历练中死去。时间，还在积累，已经死去的东西开始复活。

太阳熄灭了许多盏灯，但许多盏灯又被月亮点燃。这是复活的典范。这是复活的初衷。

深夜，地下的种子，想尽一切办法通过复活的通道，在月光不十分明亮的夜晚，奋力钻出地面，欣赏复活中的一切。

复活，是大自然的壮举，是自然规律的法则。

大地拥有的所有秘密，都是复活的理由。

上天眷顾生灵，但总与毁灭有关。他把复活的权利赋予大地。当复活的法则被美化，雪地里撒下的谷粒被鸟快乐地啄食，所有的种子都以复活的名义和借口发芽。

如果在草原里寻找复活的种子，那就用牛粪火照亮充满荆棘的路。用牛粪火煮熟的奶茶解渴。

如果在大山中寻找复活的种子，那就用云彩把大山铺满，当大山又一次隆起身躯，闪亮、闪光之处，复活的种子，从忧伤中坚定地走出来，把乌云发过来的那些闲谈碎语抛到九霄云外，让复活敲响一年四季的门环。

耕种者

耕种者扶着勤劳的犁，挖开黑沉沉的夜色，在布谷鸟还未起床时，把自己种在土地上。

黎明的天空蓝得没有一点声音，乌云逃得无影无踪。黎明的土地却在耳畔絮语，是为了表明身份，还是向耕种者寄语？

风吹不弯脚下茂密的根须，太阳的光在时间的脊背上悄悄流动，耕种者的辛勤劳作得到了丰厚的回报。

耕种者的脚在土地中生根了。

耕种者的心在默默中发芽了。

在家乡的土地上，耕种者埋掉了贫困落后和迷惘，收获了金黄金黄的喜悦和希望。

耕种者是历史的主人，是土地的主人。耕种一片天，耕种一片地，耕种人类的未来。

妫河的主题

长城脚下有一条神奇的河流，叫妫河。按照当地的地势走向，河水本应从西向东流。可妫河却从东向西流。这一从低流向高的河流哺育了无数英雄儿女，出生了大禹治水、妫水女等世人传颂的神话与故事。

妫河用叛逆的性格，把妫川渲染得神秘而旷达。

由低流向高，不能不说是一种另类。但是，或汹涌，或浅流，妫水河始终变动着季节的色彩。

远古，黄帝把板泉的硝烟引爆。妫河平静而豁达。妫川大地凸显成熟后的平静坦荡与辽阔。

妫水女恬静地坐在河边，一次一次地翻动着太阳的光，晾晒着自己的嫁妆。

透过时间的隧道，妫河在往昔的日子里回忆与游弋。也曾喧嚣，也曾鲁莽，也曾温柔，也曾暴躁，但也滋润了荒漠。历史告诉我，由低向高逆流而上是一句无字的誓言，是一种叛逆的体验。是妫河的走向，也是妫川儿女生命的走向。

走近妫河，你会惊奇地发现，被河水抚摸的石头，一片寂静。从宽容的河床中开出一种柔情，一种情愫，悄然茁壮。生命的真谛，生命的原界，在妫河中深情地呐喊，让长城和阳光一起震颤。

妫水河的主题，充满个性，张扬，且鲜亮无比。

妫　河

妫河，一条了不起的河。在妫川人眼中，世界上没有一条河流比妫河更可爱，更壮阔。

看起来，好像由下向上流动的河，就是妫河的特殊所在。妫川大地上的细枝末节，在河面上浸湿以后，完全占据了妫川人的心。

初春，当妫川大地春意盎然时，妫河上小巧玲珑的野鸭，在河中栖息，玩耍，给妫河增添了几分魅力。河中的鱼，早已立下誓言，永不离开自己的家。

夏日，许多候鸟把妫河当成了自己的家。除此，惊险刺激的妫河漂流更受许多探险家的青睐。河畔两岸山上的青松翠柏，河畔两岸的休闲人家，空中的飞鸟，在妫河的滋养下，享受着不竭的明亮和阳光。

妫河是妫川人的母亲河。

冬日，河面结冰，大人小孩尽情玩耍。冰面、地面、路面、天边融为一体。此时，我真想生出一双翅膀，从妫河的冰面起飞，全面领略富饶的妫川大地。

妫河，妫川人的母亲河。

老房子

八十八岁的老父去世以后，快七十岁的老房子终于可以喘口气了。

三伏天，老房子前长满了蒿草。院里水龙头旁边的蒿草尤为鲜亮。一人高的蒿草与老房子感情很深，无论白天黑夜，它们都在和谐对话。

房子的四角被风吹雨蚀地损坏了不少，掉下了几片瓦，但并没有摔碎。瓦在房上是瓦，掉在地上，成了许多年前的故事。

老房子的功劳很大，养育了我的亲人，壮大了我的家族。

站在一人高的蒿草前，从巴掌宽的门缝住里看，老房子的年轮里清晰地记录着几代人的无数痛苦与欢乐、苦难与幸福、贫穷与富裕、喜悦与悲伤。

古老的扁担，静静地躺在门头上想着过去的心事。村中井台到屋内水缸的路，是扁担长长的梦。

大青石台阶，还是那样执着，六十多年的风风雨雨，暑去寒来，台阶使命依旧，意志如钢。几代人踏着它把贫穷落后装饰成富裕人家。

依然高耸但略显疲惫的烟筒，静静地站立在老房子的旁边，回忆着几十年那烟熏火燎的往事。吃上顿没下顿的岁月有多少，烟筒心里清清楚楚。

一代又一代人，在老房子伸展着各自的去向。

在生活富裕的桌子上，端详老房子的影子，静静地呼吸着，隐隐露出痛饮强悍的快感。温柔、喜怒哀乐，让嘴唇把一个一个誓言粉碎，老房子心静如水。

生活的节奏与几代人的泪珠，生于同一孕床，老房子发生的旋律，是时代揉皱了命运的音阶，没有丰碑和颂歌，老房子早已心满意足。

余韵是老房子最终的魂。

家乡素描

村中小河

在我很小的时候，村中那条年轻的小河就是无忧无虑地唱着歌流淌着。几十年过去了，村中那条小河，还是那样年轻，无忧无虑。

它没有名字，特别是没有一个年轻的名字。过去是，现在还是。

村中小河曲曲折折，流水哗哗，闭上眼睛仔细听，分明是儿时的稚趣蹦蹦跳跳的歌唱音符。

小河拥着二十四节气，背负着春夏秋冬，把家乡父老的辛勤劳作和期望带到村外，在遥远的地方扎根。于是，纯朴善良的习俗远近闻名。

摸一摸村中小河的流水，便握住了家乡粗粝的手掌。

小时好奇，但也没有找到小河的源头。现在顿悟，原来小河和我诞生在同一个地方。

那口水井

蜗居在城市里的我，特别想念村中那口水井。水井没有现代味，但水井是一首全村人几辈子都忘不掉的古老的歌。

水井是乡亲们抒情的场所。一节一节的农事，一段一段的传奇，都在水井旁安上了翅膀。

春季，水井装满了乡亲的希冀，家家户户每天都要挑回两桶去憧憬未来。

夏季，井水同乡亲们的憧憬一齐上涨，然后，溢出井口流入风调雨顺的田野，为丰收杀出了一条血路。

秋季，那口水井附耳倾听着镰刀在收获中歌唱。偶尔露出一丝甜蜜的笑，一种升华了的乡情在水井周围徜徉，乡亲们从井里打上来的不再是水，而是有滋有味的日子。

冬季，水井旁结了一层厚的冰，顽皮的年轻人总在水井边摔倒。爬起来，往井中探望，清亮透明的井水，在冷静中为乡亲们来年的农事思考。

护林员兄弟

与我一起长大的兄弟们，当上了生态护林员。早出晚归，是他们生活的全部。

护林员袖标，像一面旗帜。旗帜飘到哪里，哪里便奏响一曲保护生态、优美环境的颂歌。

护林员兄弟，用脚步丈量大山和森林。把恪守职责深深地印在绿叶上，于是森林与护林员兄弟的心坎上，共同多了一道永恒的风景。

迎来晨曦，送去黄昏，护林员兄弟的足迹，化作森林中蜿蜒的小路，一束正直的眸光，在森林的底部涌动。

护林员兄弟，对他看护的每一株树木如数家珍，却忘了自己的年龄……

家　乡

热爱家乡是每个游子的责任……

风，按着季节的旋律，吹着缓慢的时间，欢聚与离别散落在无序的苍穹，变成了被秋风吹落的种子。一棵树在家乡的村口，挂满了离别多年的春秋。蛙声如雨，无论早晨还是黄昏，都被古典流畅的线条谱写成歌咏家乡的序曲。

家乡的草木，用集体的力量呼唤春天，用毕生的信念装扮秋天。睿智的心灯照亮了被雨洗礼过的山冈，一股芬芳，穿过时间的心脏、无悔的青春和高傲的灵魂，找到了返回家乡的路。

家乡，是一种高不可攀的梦境。老房子上的落日，山路上的太阳余晖，在永恒的时光中。梦境举着恒久的熟悉的炊烟一遍一遍重复着热爱和怀念。家乡，在我的瞳孔里放大。

热爱家乡，从一点一滴开始……

家乡的山路

太阳从远古走来，并把自己还原成绚丽的彩虹，家乡那隐隐约约的山路，从黑黝黝的大山间走来，走近，一直走进我的心里。

家乡的山路，曲曲折折，左缠右绕，是老祖宗留下的一根绳。

父辈和父辈以上的人们，习惯了曲曲折折左缠右绕的活法，终究被这根绳捆死在山里。

如今太阳还是不断地升起自己，可我和我的后辈们，像藤条一样，攀着这些曲曲折折、左缠右绕的山路，走出大山，直达用心刻画的那个峰顶。

回头望，家乡的山路刮起了狂风，吹走了父辈们沉重的往事。云涛汹涌的山谷间，激荡着时间最后加入的情节和奋起挣脱的叙说。

家乡的小路

家乡的小路两旁生长着许多不很出名的树。树上挂满了乡情，外人看来，小路和树是那样的和谐与纯情。在我看来，小路和树是那样高大和神圣。

家乡的小路两旁尽是不很出名的山花。开了又谢，谢了又开。三十多年过去了，山花用开了谢、谢了开的传统方式诠释着自身的纯洁与芳香。朝暮逝去的痕迹，在花香中，显得更加清亮。

从城里回到家乡，每次都是一种尝试。每次每走在家乡的小路上，浓烈的乡土气息，甜美的儿时憧憬，总让我情不自禁地俯下身去，触摸家乡小路给予我的永恒的感动。

家乡的小路，从父老乡亲的心底伸出，把那些热热烈烈弯弯曲曲的岁月、纯纯净净风风雨雨的季节和淳淳朴朴正正直直的习俗铺向远方。因此，我的家乡因小路而闻名。

家乡的小路，是我思念家乡的借口。父老乡亲是一首永远写不完的诗，家乡的小路给了我写诗的勇气和力量。

我只有在家乡的小路上驻足，仰望着大山与森林，用心阅读父老乡亲几辈人的岁月坎坷和苦难，我的诗才不会因为营养不良而苍白。

蜗居在城里，信念与追求五光十色，但总略显无助。只有站在家乡小路的中间，顿时，便会有梦，有希望，追求和信念便不会孤单。

家乡的小路，替我收藏着童年的天真与烂漫、少年的努力和拼搏、青年的豪情与理想。有时我真想在家乡小路的旁边，把自己站成大山或森林，与家乡的小路厮守到永远。

太阳永远是那么光明磊落，月亮永远是那么纯洁柔情，高山永远是那么庄严凝重，森林永远是那么富丽堂皇。而家乡的小路永远让我寄予希望和力量。

记住，你只要时刻不忘家乡的小路，你才永远不会有孤独和失望。

记住，家乡的小路就是母亲长长的手臂，你只要沿着家乡的小路往前走，你就会走进母亲的怀抱。

落叶松林

五十年前，这里是一片荒芜，今天，一片落叶松拔地而起，在这里安了一个流浪者沉寂的家。

这个家，是远古家的复制品。

成千上万的脚步，在此停止前进。落叶松林的宽宏大量让这片天空温顺了许多，脚步也不再鲁莽。

时间和云朵的结合，产生无限放大的美。落叶松林与时间的切口吻合，发出涛声阵阵。一束灵性的昭示，让流浪者沉寂的家喧嚣起来。

沉寂是一种概念，也是一种特殊的语言。风雨落叶松林的心灵共性，产生美的元素，形成一道朴实的风景。

大自然有了从容搏动的演变，落叶松林不再孤独无助。你的沧桑历史，被阳光点化，壮丽、和谐、美好，粉饰了你历史的篇章。

落叶松林，完成了一次次蜕变，你的胸襟，坦荡无垠，给人无比深刻的警示。

你无声的语言，引领我小心翼翼进入你的腹地，与松针拉起家常，不小心，惊醒了沉睡的小鸟。一声鸟鸣，松林上空现出了许多道飞翔的航线。斑斓的林音，在林中悠闲地踱步，引我走进你委婉、明朗、清丽的世界。

我等待，等待从脑海里发出一束光亮，把你和我的全身照亮。

绿色的乡音

故乡，在父辈走过的小路上散步。青石板抱怨着他的伙伴回家的次数越来越少。

小河，还在唱着唱了几百年的绿色的歌。风不留神，掉进小河里，扑棱扑棱爬起来，全身湿漉漉地绿了。

喜鹊，站在翠绿的树上，把故乡的早晨唱得清新无比，把故乡的晚上唱得安宁祥和，把从早到晚唱成崭新的一天。田野里的劳动号子，把辛勤的汗水丢进黑土地，经过一个季节的孕育，分娩了大片大片的乡音。

听，从山那头传来了拿柳条当马骑的小调，小调绕着故乡疯跑，不小心把乡音全都挂到了树身上。烟袋锅烧得滚烫，从烟袋锅里流出的笑话，足以让你笑得直不起腰。

满手老茧，花白胡子，一脸严肃。用手掰开一句笑话，扔进小河里，逗得小河直笑。大山咚咚地走来，乡音越发绿得浓重。

布谷鸟重复了绿色的宣言，心满意足地拍拍翅膀，去参加绿色乡音诗朗诵。

耕牛，望着天边的彩云，哞的一声，把绿色的乡音传得老远老远。远离家乡的游子沿着乡音的轨迹，听见了青石板不再抱怨，心情愉悦的笑声。

听，森林发出了呐喊，阳光在树梢上跳跃，蝴蝶在林间翩舞。清晨的露滴，傍晚的朝霞，专注地回忆着往事，年轮巨大的纹路，把匆忙的季节弹拨。一种奇妙的声音，一个十分奇特的感应，在向游子讲述绿色的传说。

没有污染的山村

一

山村的故事是从早晨开始的。

山村的早晨，是一幅清新透亮的山水画。

看一眼村口石板路上绽放的野花，寂寞在这里无法生存。往天上看，太阳被庄稼汉子一声吆喝，结束了香甜甜的梦。那一缕缕白云像害羞的山村女孩，经不起挑逗悄悄隐去。

鸡鸣、狗叫、马嘶……还是原始的音律。没有污染的传统，如今在山村变成了一大特色。城里人喜欢这个。

牛背上的笛声让山村如醉如痴。玉米、土豆在笛声中发芽。

庄稼汉子风风火火的脚步，准确地丈量着山村与城市的距离。

二

污染，是一种时代的通病。山村没有污染，村口坐在石头上老人，烟袋锅里装满了故事。冒出的烟在村里迷漫得越远，故事越精彩。

一头听话的驴子，被主人蒙上眼睛，从太阳升起那刻就开始劳作。山里人最欣赏它无论做什么工作都脚踏实地地从零开始的性格。

偶尔，发一点驴脾气除外。

汉子、村妇、少女、牧童，他们的心域比天还宽。

他们那没有污染的声音，永远是山村里最流行的交响乐。

三

山村四季很分明。春、夏、秋、冬有着不同的肤色和性格。

庄稼汉子只有站在季节的边沿，梳理一年四季的翅膀，腾飞才有了高度和质量。

在没有污染的村里，不需要戒备。想唱，高声就好；想说，尽兴就行。

山村里的田埂上，收获的话题，被汉子们的汗水浸湿。

山村的风、山村的雨、山村的人、山村的日子，还是那样平淡和充满希望。

面对森林

我们的祖先在森林里孕育了一个时代。原始的生命划过宇宙时留下的那束闪光，溶入了森林的血脉。

面对森林，仿佛有一股甘甜的泉水从原始社会的内心深处汩汩流出。古老而发白的往事，被嫁接在历史上，顿时鲜亮了。

面对森林，世界虚无，森林虚无，我心中虚无……

面对森林，生命的脚步越轻，童话般的梦越浓。

面对森林，在那青黄不接的日子里，枯萎的山花是诗人寂寞诗集里唯一的怀念。森林的神秘，拉长了遐想的空间。从原始社会走过来的那沉重的脚步，分明是响彻苍穹的绝唱，震撼着世界，震撼着我的心灵。

面对森林，闭上双眼，母亲那双温柔的手在抚摸着我并不成熟的脸。睁开眼睛，老祖先那深沉的脚印，在森林里成长，快乐却在我心中开放。一刹那，森林变成了一种令人神往的风景。

面对森林，痛苦和挫折，变得那样苍白无力，前途和希望，顿时变得坦荡和青翠。

听吧，一个执着的声音从森林里传出。原来是翡翠般的林中小溪，流淌出对森林的赞美。

看吧，森林从远古走来，时刻不忘太阳的嘱托，辛勤地为世界所有的生命奠基。

面对森林，当夕阳挂在树梢，风对我说，夕阳是森林的日历。此时，密密的绿色森林，沾满清脆的鸟鸣。被风一吹，鸟鸣伴着点点滴滴的夕阳，落满我宽厚的肩头。

霎时，一种无怨无悔的感受在心底涌动。

鸟　巢

立春还没站稳，春潮还略显羞涩，风把挂着鸟巢的大树摇得山响。

一缕黑色的闪电，拥抱着多少缠缠绵绵，满载飞翔之梦，从每棵树的头顶出发，把无数遐想的航程塞满一年四季。

有行道树的地方就有鸟巢，有鸟巢的地方就充满了希望。

也许鸟巢是一叶方舟，漂泊总是在所难免。不信，你站在树下，抬头仰望鸟巢，心底深处会自然地荡起波澜。随着大树摇摆的频率，那一叶方舟在汹涌的波涛中，坚韧不拔地前行。闭上眼睛，不信你不会对鸟巢肃然起敬。

只有残雪在它越来越小的地盘上与春潮进行惨烈的搏斗时，我们才能更清楚地看见鸟巢那顽强不屈的身影。

鸟巢能给人以启迪。想一想鸟巢吧，在大都市里坚守清贫，在繁忙的工作中坚持写诗，都不是一件易事。

看看鸟巢，想一想鸟的孕育与生存，拼搏向上的力量就像诗中排比句一样，一浪高过一浪。

鸟把鸟巢建在充满希望、充满生机的树上。而鸟巢呢？应该是一枚充满生机、充满希望的健硕的萌芽。

老家古韵

古　树

村北，一棵老榆树，树顶直插云霄，树干足够三人围抱。据村里老人讲，这棵树在这里站了三百多个春秋。

树是村民的依靠，树是村民的姿态。谁家有了难事儿，都愿意与树倾诉肺腑，听从树的意见。青年结婚，到古树前报喜许愿。村民家里添人进口，要与古树分享喜悦。

上了年岁的老人，乐意在树下回忆过去，当烟袋锅里的烟冒完，老人释怀，心满意足离去。

年轻人，在生活、学习、工作中遇到困难，喜欢在树下静静站立，与树倾心交谈。古树似乎听懂了年轻人的话语，树枝随风摇动，像是为年轻人答疑解惑。倾诉之人顿时觉得思路清晰，前进有了方向。

古树，被村里人视为宝贝，古树、古韵是村的图腾。

远离家乡的游子，想家，都是从古树开始。

从山上往下看，古树是村庄的全部风景。

古　井

时间，挣脱了固定版块的束缚，让一眼井水变得甘甜无比。儿时的梦，沿着井壁疯长，帮助古井完成了一个古老的传说。

牙牙学语的孩童，喝着井水长大。澄澈的井水，用它的甘甜，哺育了一代又一代人。古井，不仅是全村人的朋友，也是全村人的依靠。

村民茶余饭后，三三两两围坐在古井旁，谈天说地，唠唠家常。夸夸东家小子，讲讲西家姑娘。和睦家庭的蓝图，在古井旁绘制，勤俭持家的大计，在古井旁完成。

凡喝古井水长大的孩子，都很有出息，不管出门多远，心中永远惦念着村中的古井，惦念着生他、养他的家乡。

古井，是全体村民心中不可或缺的一部分。尽管现在自来水进村进家，古井，仍是村民心中最美丽的一景。

古井，是我的老师，是我的朋友，是我一生一世的唯一。

古　道

进村的那条道，多少年来，由砂石路，变成青石板路，又变成水泥路。路的颜色和质地不断发生变化，不变的是村民几辈人踉跄的脚印和吃了上顿没下顿的日子。苦难与艰辛，兴奋与快乐，在古道上交替繁衍。

我们踩着古道玩耍、长大，又踩着古道走出家门，时间已经成了思念的累赘，但，古道时时刻刻都在心中。

被轮胎鞋底磨光了的古道，在我的生活中，扮演了不可替代的角色。时间磨光了棱角，古道增加了阅历，我每次回村，心里总有些激动。但一踏上进村的古道，心情就沉稳、踏实了许多。路边的鲜花都是欢迎的手臂，两边的行道树与我细语。时而有些激动，声音变大；时而有些神秘，隐约听到爽朗的笑声。

进村古道闪烁着亲情的光。

进村古道是无数首诗歌的魂。

古　桥

从村中穿过的小河上，有几座小桥，像父亲的脊背一样的小桥，承载了许许多多的往事和十分陈旧的时光。

几辈人用岁月和艰辛走过普普通通的小桥，艰辛和困苦把桥面磨损，整个桥的状况显得沧桑和无奈。当时间经过沉痛悸动以后，快乐从桥面上掠过，古桥笑得桥身略有些颤动。

多少年来，古桥不但连接着河两岸的亲情和道义，而且还背负着太阳和月亮的东升和西落，承运着全村人的喜怒哀乐。

桥下流水，似柔美的琴声，亲切委婉地为古桥歌功颂德。

桥下青草，用坚韧不拔的性格，把自己长成嫩绿如锦。微风从青草肩头掠过，青草洋洋得意，尽量让自己显得挺拔、坚毅。抽空儿，向古桥频频点头微笑。

森林孕育了我们的祖先

森林孕育了我们的祖先。闪光的生命，溶入了森林的血脉。在那青黄不接的日子里，枯萎的山花是诗人寂寞诗集里唯一的怀念。森林的神秘，拉长了遐想的空间。从原始社会走过来的那沉重的脚步，分明是响彻苍穹的绝唱。

面对森林，闭上双眼，母亲那双温柔的手在抚摸着我并不成熟的脸。睁开眼睛，森林变成了一种令人神往的风景。

面对森林，痛苦和挫折变得那样苍白无力，前途和希望顿时变得坦荡和青翠。

听吧，一个执着的声音从森林里传出。原来是翡翠般的林中小溪，流淌出对森林的赞美。

看吧，森林从远古走来，时刻不忘太阳的嘱托，辛勤地为世界所有的生命奠基。

面对森林，当夕阳挂在树梢上的时候，风对我说，夕阳是森林的日历。此时，密密麻麻的绿色林海，充满鸟儿清脆的欢歌。

山的主题

山之魂

山的雄伟，以一种特殊的方式，把从黑夜里喷出的太阳，放在自己的肩头。

山里人习惯了看山的脸色，习惯了与山交流。当太阳与诗歌涌上山的脊背，一种精神虔诚之后，山和山里人达成了共识。

一种力量背负着太阳在山的每条脊背上行走，阳光照亮了山里每一条脉络，山之魂随着太阳的升腾而茁壮。

阳光在山的额头雕刻出喜悦、忧伤和愤怒。山之魂用原始野性的语言，灼烤着山里人被泪和汗浸湿的心。

山之树

树以固有的表现形式，以年复一年的苏醒与沉睡，让山的感觉有点麻木。

由于树的挺拔、壮观和美丽，山才有可能成为名山。因为树绿了天空，绿了大地。

山的心情好坏，春天的心情好坏，绝对与树的心情好坏有关。

春天的许多话题，都从山和树开始。一棵树，许多树，在山中沉睡，但它们的耳朵却在接纳春讯。当春的脚步逐渐凝重时，树睡眼惺忪的样子，楚楚动人，把游人醉倒在踏青的路上。

当山魂挺拔苗壮的时候，山中的树张开了在梦中飞翔的翅膀，扇动着光荣的年轮，山里人从树的高昂气质中，获得了精神和勇气。山中树用生命的色彩染绿了我们的大地，染绿了我们的天空。我们的精神和勇气穿过季节的天空，在山中树的鼓舞下，与山魂一同翱翔。

山之雨

山雨顺着天庭鼓弦的节奏，掠过燥热窒息的苍穹，痛快酣畅地发泄痛苦和缄默。

山魂抖动湿漉漉的情绪，山树飞舞着欢快的旗帜，引领着雨突破乌云的束缚，拍向山赤裸的胸肌，山树贪婪地吸吮着山雨的甘甜与清润。

山雨过后，总有许多景致。仰望天空，当一种声音临近时，迅速闭上眼睛，感觉从上而下直泻下来，而此时，山雨留下的喘息声是那样诱人。

山野识秋

夏天的脚步还未走远，性急的秋便如期而至，凉风与它做伴。

树叶不顾枝杈的苦苦挽留，毅然决然地走上亘苦不变的迁徙之路。高大的树木挺身而出，挥舞着有力的臂膀与风商榷，要把秋的诗章写上天际。

站在初秋丰润的肩头，山野的每一根脉络都散发着果实成熟的气息。

知名的不知名的鸟儿，它们钟情于秋天的创意，极为新颖和大胆，和迁徙的树叶一起栖落在我情感的枝头。

秋天的枫叶，染红了南飞大雁的翅膀。大雁用低沉婉转的歌声，咏叹迁徙途中的惆怅。

晚霞挂在西边的树梢上，用热烈激情的语调倾诉无怨无悔的信念。

金黄是秋的底色，金黄是成熟的象征。

山中古树

古树，是一篇童话。

古树，是老人们讲不完的典故。

她，满身的伤痕，分明是一只只审视历史的眼睛，昭示真理，鄙视邪恶，如箭般洞穿孕育的痛苦和分娩的喜悦。

古树，在燕子呢喃古老歌谣的季节，枝条挂满痴迷的信鸽，春便在古树上做巢。

在蝉鸣的喧哗里，古树把夏日诵成一幅美景，山中的夏日，便清凉，便流畅。

当秋天披上金黄色风衣，传递丰收喜讯的时候，古树，演绎大山万古不灭的梦。

冷风，带来寒冬的消息，古树无动于衷，继续过滤着山中的忧愁和欢乐。当叶子返回家乡时，古树，心中藏着春天的明媚。

山中古树，挺拔端正，活脱脱山里人形象。

当山里人和古树站在一起时，才显得那样豪迈，那样顶天立地。

深山火炕

深山区，与寒冷齐名的是家家户户的火炕。火炕是我儿时嬉戏玩耍的主要场所。火炕是深山之魂。

火炕是一种文化，火炕是一种标志，火炕是心里暖烘烘的歌谣。睡在火炕上，鼾声把梦连成一首诗歌。

雪花飘舞的季节，想起火炕，在城里住烦了时，想起火炕，游子梦里的所有情节都与火炕有关。

火炕用土坯搭成。土坯本身就是一种创造。

水促成黄土与草的结合。大小模子里的泥经过太阳和时间的洗礼长成搭火炕的土坯。一个个一排排的土坯，像诗歌一样，对一个民族赞美有加。

火炕养育了几代人。变化的是时间，不变的是火炕的情结。

树　根

树根，没有正直挺拔的身躯，却有博大的胸怀、坚定的志向。撑起绿色的世界，并为和平探索真谛，为生命辛勤奠基。

树根，集机智、勇敢、顽强、智慧于一身，盘根错节，为黑土地、黄土地编织了一个又一个不老的传说。

你头顶的主题，被诗人朗诵成灿烂的诗行。你却默默地贡献着无私的赤诚和虔诚的希望。

深山、沟谷选择了你，你也选择了深山沟谷。无论狂风暴雨，无论酷冷骄阳，你忠于职守，牢记太阳的嘱托，用无穷无尽的生命力，竖起一束束希冀。

田埂上的遐想

一

风从江南深处走来，款款地在北方的土地田埂上竖起一面象征春的旗帜。

耕牛在田埂上喘着粗气。牛屁股后面拖着一串长长的孩童的笑声。我在那笑声中长大。

耕田人的荣耀在笑声中生根，在田埂上发芽长大。

大地的背景从此更丰富多彩。

田埂上沾满两腿泥巴的老农，没有指点江山、激扬文字的天赋，却能用目光和双手指挥季节在田埂上孕育充满希望的世界。

田埂上每一粒胚芽，经老农粗糙的双手抚摸，便成了一个梦想。

田埂上的每一片绿叶，经老农双手点拨，便成了一个童话。

二

有了土地，便有了田埂，也就有了犁铧，犁铧在田埂上饰演着重要的角色。

据说，春秋时的某一个早晨，犁铧便开始撰写被人后来随口传颂的篇章。

有了犁铧，田埂上的故事更多。犁铧用无私无畏的犁头，在田埂的心头耕耘那让人心动的新绿。

随着季节的轮换，土地、田埂一茬一茬地死去。犁铧过后，土地、田埂又一茬一茬地获取新生。

握稳犁铧把的手，不仅要扶正犁铧的走向，还要扶正是非与对错。

我曾握过犁铧，也曾想，我所犁开的不仅是土地，还有时代的变迁和断续，有我对自尊、荣辱的认识和得失。

三

我是从家乡的田埂上艰难走出，痛苦而幸福地走进师范学校的大门的。

或许是一种叛逆，或许是一种解脱。

我走了，家乡的田埂依旧。但在一个城市的夜里，多了一个游子的梦。

每到夜晚，宿舍的门关了，游子梦开始了。好大好大一片月光被关在门外了，但总有些从门缝挤进来，与游子的梦翩翩起舞。

三十年过去了，田埂上仍在延续着精彩的故事。

我在梦中回首，田埂上，风，扬起了父辈的白发，也揪住了我的心。

乡村短章

上坡上的栗子树

上坡，原本是坡地。栗子树，作为农民致富的使者。在上坡上安家落户。从栗花盛开的那一刻起，上坡上的栗子树，就成了农民一年的仰望。

自从有了上坡上的栗子树，农民心路的历程多了几分甜蜜。栗子树沿着岁月的痕迹，穿越了一年四季，带着芳香和希望，走向天空的深处，走向季节的深处，走向农民的心底。

当滚圆、饱满的栗子从母体脱落时，农民终于可以改变一下仰望的姿势，与栗子笑成一团。

柴锅里一声爆响，栗子炸出农村一片新天地。

玉 米

玉米是一种伟大的精灵。玉米临风，像乡村年轻健硕的母亲，温饱和年成好坏由母亲说了算。玉米，是所有农作物的代表，是农民粮仓里的魂。

玉米，适合生长在各种地域。因此，玉米是长江南北农民的宠儿。当春雨敲打出谷雨的节奏时，玉米，带着干净的身子钻进土里，为淳朴善良的农民，孕育一个感恩的季节。

玉米生长的姿势，经受住了风雨的洗礼，亭亭玉立、婀娜多姿的生长状态，让农民的丰收梦境更加甜美。仲夏的田野，玉米踮起脚尖，思绪早已抵达真正的秋天。玉米把秋天的意愿填得满满。

炊 烟

游子还没看到村子里街道上的青砖，眼睛最先抵达的是各家屋顶上的炊烟。秸秆味、油脂味、柴草味更浓时，饭熟了的香味，就会把你引进家门。

炊烟是太阳离山尖一竿高时升起的，一整天炊烟都在村子里

一场灾难

一场雪，一场罕见的大雪。

下在心灵上的一场大雪。分明是一场灾难，把心，无数颗心俘虏。

高山、河流、旷野，被大雪覆盖。许多树枝被大雪压断。记忆中没有这样的先例。

原本雪是清纯美丽的，可这场雪，把美好的脊梁压垮，把美好的信念蹂躏。纯洁的捷径被摧毁，纯洁的愿望被玷污。

高山上的花朵，在灾难中寻找到重生的机会，冲出大雪的包围，把美好、靓丽根植在人们的心中。尽管有些生命在这场大雪中丧生，但多少记忆的沉淀，在这场雪中突围，在灾难中永生。

河面上，没有了晶莹剔透的灵感。艺术跋涉的旅程进入水底，漂亮的身姿和倩影，摆脱了孤独的羁绊，露出了心满意足的微笑。

一场大雪，一场灾难，我们的心灵和精神得到了锻炼，我们的意志更坚强。

一棵树

也许是因为风的缘故，你离开了肥沃的黑土地，站在崖边，站在临近深谷的崖边。

有时，在清晰的年轮记忆里，你也有一丝触须般的烦恼。但是，远处森林的辉煌和深谷小溪的歌唱，使你用倔强赶走孤独和寂寞。

风来了，你有点怦然心动，你的血管中循环着呐喊：让我把世界变得苍翠吧！

风又来了，你的身体把风的形状模仿得惟妙惟肖。风，恼怒了，但你凭借着暴发的青春和活力丝毫也不惧怕。

风更加肆无忌惮，你似乎要跌进深谷。

不！你原来是要展翅飞翔……

一条石子路

一条石子路，装满了许许多多的事，承载了许许多多的情。我的情感在十字路上丰羽，在石子路上起航。这条普通的石子路见证了我在逆境中的成长，在困难中的强大。

路上的每一粒石子，都是一个童话，每一个童话都与我有关。

从石子路的这头，到石子路的那头，在视线不太清楚的时候，一种奇特的回味，总在石子路上泛起涟漪。

贫血的童年，在石子路上跌跌撞撞。粗重的喘息声与脚的落地声，丰满了石子路的血脉。像是扬起了风帆，领略披荆斩棘的远航。

记得童年的每一个清晨，我都扳着手指，站在石子路上数那清脆的鸟鸣。午间，当热浪滚烫时，石子路把膨胀了的愿望根植在阳光里。阳光照着我，我的童年便信誓旦旦。

由于石子路的缘故，我远离家乡以后，有一份情，不离石子路半步。孤独，在苦苦的寻觅中失落，也在寻觅中更新。

站在石子路的一头，心中便燃起了希望。另一头，哪怕是惊涛骇浪，你心中也有一只送你到达彼岸的船。打开风帆，你便进入了人生奋斗搏击的画面。

在石子路上行走，闭上眼睛，你会有一种踉踉跄跄的醉意，酒一样的乡俗、乡情，一会儿比一会儿浓烈。

醉倒是一种形式，心醉，是一种返璞归真。从石子路上跑过，家乡腌菜的酸味儿，生活里的阴影，被太阳光洗净，在石子路上站成时尚。

石子路，通往天宇的路。

石子路，通往感情彼岸的路。

石子路，一条朴素健康的心路。

阅读大山

大山是山里人的魂。

无私、豪放、粗犷是大山的本性。

阅读大山，比阅读草原更容易。因为大山的简单比草原更优美，大山的深邃比草原更直接。大山是一种范本，是诗人、作家一生的教科书。

战在大山身边，你会因为从大山深处响起的低沉、浑厚、富有穿透力的呼声而心血沸腾。

守望大山半辈子的汉子，对大山情有独钟，一边欣赏大山的品行，一边品尝山路的艰辛。钟情大山半辈子的女人，对大山深恋不悔，一边欣赏大山的伟岸，一边品尝大山的温馨。汉子和女人的山歌从大山的脊背上滑落，精彩充满了山里人的一年四季。阅读大山，大山深处流出的小溪，把汉子和女人的乳名打磨得鲜亮。汉子和女人新的追求让山怀疑历史的脚步。历史的真实又让汉子和女人对大山深信不疑。

阅读大山，我心里略显疲惫。把诗种在喧闹的城市，诗中那条活生生的鱼游来游去，但始终也未游出母亲沉甸甸的叮嘱。走出大山的人在山魂的指引下，不论走到哪里都能找到回家的路。

阅读大山，我的履历更丰富。

阅读大山，我的脚步更坚实。

阅读大山，让心底深处的真诚穿过岁月的流沙，奔驰在大山的怀抱。

阅读大山，是从大山里走出来的人坦露的无悔的主题。

种 子

种子总与春天有关。冰封与寒冷，让诗不那么流畅，但一粒种子，从此开始快乐与艰辛的旅程。把种子的许许多多的日子串在一起，春天便无比盛大和宽容，孕育便从此开始。

一粒种子，存在的方式随意而普通，但它存在的意义绝不是我们想象的那么简单。种子存在，希望就存在，盛大而美好就存在。

种子的存在，向上的道路，就无比艰辛。

诗人记忆深处的种子，总以一个不可辩驳的理由出现，透过打开的标题，经过反复斟酌，让诗人选择了合适的角度，为天地注入灵秀美妙的旋律。一场透雨，种子便把阳光、月光弄碎，哼着歌谣，让诗人成就了一篇不朽之作。

一粒种子，总希望睡在深冬。让土壤和种子做一次深沉的再生，春天那扇绿色的大门嘭的一声，向世人打开。

最深巷道

一

过去，有多少生命在最深巷道苦苦挣扎，又有多少生命活得十分潇洒。曾几何时，在最深巷道居住的老门老户，被新搬进来的住户好一阵蛊惑，道德伦理的根基开始有些松动。

多少年来，无数个故事在巷道里变成了传奇，在任何道理都讲不通的时候，从巷道外很远处刮过来的风，在巷道里蹒跚行走。刚出生的婴儿，用哭声向这个世界宣告，一个生命在最恰当的时间来到世间续写最深巷道传奇。

当一点声音都没有时，巷道内所有居民用同一种方式向这个世界宣告，多少人住了多少辈子的巷道，希望有自己的语言和歌声，希望踏着歌声集体走出深巷。

二

多少年来，最深巷道的门没有一扇是完整的，阳光与黑暗交合处，所有的门都半开半掩，呐喊声从门缝里艰难地挤出，生命不愿走出最深的巷道。有一些在寒冷中冻结的种子，奋力摆脱羁绊和约束，在最深巷道认真寻找生命的空间。

年纪最大的巷道居民，眼泪在眼眶里转了近一个世纪都没有流出，无数个冬天，眼泪有时被寒冷封冻，但仍用不屈服的泪光和传统的倔强审视巷里的一切。

多少次春暖花开的时候，巷子里总有一个声音唱着颂歌，本

乡民素描

村里人文档

根 爷

牛鞭，背架，烟袋锅，酒壶。

根爷七十多岁，身子骨硬朗，脊背比小伙子的还直。

根爷的日历牌上没有休息日，不太笔直的脊梁上，贴满了太阳活动的记录。根爷眼神很好，两只眼睛一瞪，好似眼中喷出子弹，砰砰作响，邪恶被打得体无完肤。

根爷把牛鞭抽出啪啪的声音，让树叶子乱成一团。烟袋锅里有一股火药的味道。烟抽透了，天边那一抹晚霞才慢慢散去。根爷牙齿一天比一天老，但幸福的感觉却一天比一天热。

山 叔

村里人眼睛雪亮，目光像钉子一样，可山叔是块铁板，日复一日，年复一年。

山叔什么活儿都会，但活了一辈子也没讨上老婆。三十几岁时，用一对花枕巾换了一个女人的一次爱。村里人说：山叔是村里人的一块心病。山叔说：他自己比任何人都活得自在。他还说他自己是英雄。

山叔老了，就好跟人家说年轻时的事儿，一边说一边笑，说完了还笑。

最后，山叔极正经地告诉别人：人呀，要有良心，对人好要真心好。好感不应像一根黄瓜、一把芹菜那样容易烂掉。

巧 嫂

巧嫂是村里的名人。村里人说起她，人人都伸大拇指。

巧嫂口勤，腿勤，什么家刚有什么事，家族的成员没到齐，这家炕头上准有巧嫂。

清晨，阳光从巧嫂身边挤过来，把巧嫂的脚步挤乱。面朝黄土背朝天的姿势感动了阳光，阳光也弯下了腰。

傍晚，西霞挂在了树上，天边被巧嫂的勤劳感动得有些脸红。老石街上和巷子深处，巧嫂的声音在挨家挨户地串门。

打工小伙

打工小伙，率先打破了日出而作、日落而息的传统规矩。随着商潮的大浪，让自己飘向东、南、西、北。

打工潮，无情淹没了农村古老的农闲和农忙。打工小伙脑筋一转，把自己像一棵树一样，栽在充满阳光的城市建设的打工现场。

打工小伙，一心外出闯闯，对家乡陈旧的生活方式，不屑一顾。进城以后，小伙的思想观念同城里的高楼一起成长，播种精彩生活，从此不再依赖家里那二亩地的土壤。

挥汗如雨的打拼，小伙的钱包鼓了，钱挣多了，身边总有可心的姑娘。小伙没忘家乡的伙伴，没忘上了年纪的爹娘。小伙把思念移植到打工现场。因此，城里许许多多的高楼大厦都有农民鲜活的根。

打工小伙，打出了一片天地，业绩辉煌。

妫川深处的男人

妫川深处是一座座大山。

妫川深处的男人，托起妫川的魂，用大山的成长让历史演变。

很酽很酽的山茶，泡着日子，陈年旧岁的话题在黄昏里酣睡。

黄昏走到村外，男人斜躺在榆木椅上，眯上眼睛，把黄铜烟袋锅抽得烫手，长长的悠闲、明明灭灭的日子混在一起，勾画出妫川深处男人的血泪史算新账。

妫川深处的男人，个个是顶天立地的汉子。他们心里的纹路是那条走了几辈子的平平仄仄的石街。男人过惯了那跌跌绊绊的日子。他们习惯了晴天一身汗、雨天一身泥的方式。

晚上，石街上没了脚步声，男人往酒壶里放了两勺红糖，热乎乎的日子，被男人抿得有滋有味。尔后，不着调的小调同男人的呓语一起出来，把夜色哼得一会儿比一会儿深沉。

妫川深处的男人，用最古老的方式把子女调教成大学生。但他们自己不管走出大山多少年，仍改不了那拗口的乡音。

大学生回来，说一口流利的英语。把男人乐得往白酒里多加了一勺红糖。男人说日子又多了几分成色。晚上，跑了调的小调跑得满山都是。

妫川深处的男人，不信神话和传说。因为，大山里的梦，已透明。

妫川深处的女人

妫川深处的女人，旧社会紧裹三寸金莲，大门不出二门不迈，过着吃了上顿没下顿的日子。相夫教子是女人生活的全部。

妫川深处的女人，后来和男人一起挽起裤腿下田，背上背架上山。骨瘦如柴，但眼神坚定。

农家的柴门挂满了日子的响铃，风一吹，喜和忧便纷纷扬扬，苦和甜便相携而至。女人不多见的笑容长上了翅膀。

妫川深处的女人，如今也穿起了无袖裙衫，扫一眼苹果、三星手机中的短信，致富的决策停留在妫川深处女人的股掌之中。

妫川深处的女人，闺中仍有一面古老的梳妆镜，就像村中那口老井那样明澈。

历史被梳妆镜照得曲曲折折，未来，被梳妆镜照得鲜鲜亮亮。

妫川深处的女人，用雨水洗净心中的污浊。用冬雪填平额头的皱纹。在她们的眼中，心酸和苦难终究只是昙花。

因为，在妫川深处，许多事，骗得了眼睛，骗不了心。

护林人

朗朗苍穹演绎着永恒的白天黑夜。大山凸出的那部分，是你用一双铁脚板丈量出的领地和忠诚，你是护林人。

不管山有多高，总把你的意志举过头顶。

不管山路有多弯，总缠绵呵护你对大山的爱。

鸟雀啁啾，泉水叮咚，唱一首为你祝福的歌。太阳、白云、星星、月亮，来也匆匆，去也匆匆，与你有情有义，深深相恋。

你肩头的猎枪，挑碎风霜雪雨，震慑暴戾奸佞。护林小屋旁的猎犬，睁大警惕的眼睛并伸出警惕的舌头，吸吮林中的温馨。

青翠欲滴的林海，摇曳震撼着你青春的追求。

你更把暮年的信念，写成挺拔结实的诗，让诗磨炼成挺拔清脆的梦，让梦跟你巡逻。

当大山的额头舒展而苍翠的时候，你那皱巴的额际，早把诗人的笔磨得很秃很秃。巡逻照明的手电筒，早已成了古董。

悔　恨

欲哭无泪。

铮亮的手铐，把他幸福的小家砸得粉碎。悔恨，疲劳驾车的悔恨，在苍穹的深处发出阵阵的悲鸣。

你，为了那点钞票，两天三夜未曾合眼。满脸的倦色，疲劳的心态，忽略了魔鬼的存在。

车轮下的那一声惨叫，足以使你灵魂出壳，无情而悠远的教训，把那一份灿烂打翻。娇妻的眼泪，浸湿了温馨的日子。警车的长笛，淹没了儿子的哭声。

当你走上监所的台阶，身后那一串串的诅咒，把一千个侥幸，咒得再也不那么堂皇。铁窗关住了你发抖的躯体，悔恨游荡在高墙之外，反复向人们诉说那不该发生的一刻。

山里人

山里人钟情泥土和大山。

山里人与泥土和大山有着不解之缘。山里人注定要从刀耕火种年代走来，汗珠与劳作剥落着岁月的艰辛，培育着日出日落、月缺月圆。

山里人向泥土行了一个季节性的弯腰礼，才敢透过十月，心满意足地，深深地舒一口气，然后，把没有补丁的日子放在太阳底下晒热。

山里人把自己和大山捆在一起。因此，彪悍诚实便成了山里的一道风景。山里人裸露的青筋，把大山的情节生动。城里人只有沿着这一条条裸露的青筋，才能走出大山。山里人被山风吹皱了的皮肤，营养着一种绿色的信念。当这种信念固定了茂密的根须，山里人的幻想要默默地发芽、开花、结果。

菊 花

一

天高云淡的日子，各种菊花在田野里燃烧成一片火焰。接近菊花，人生出现一个转折，只有得道的人才能在菊花的大火中涅槃。

二

母亲出嫁时外婆送给母亲一束秋菊。母亲把菊花别在头上的发夹上，由此，母亲很爱菊花。母亲的一生很短暂，但母亲爱菊花，爱得清贫，爱得欣慰，爱得心满意足。所以，菊花总能给母亲带来欢悦。在雷雨交加的一天，母亲走了，那年她39岁。

母亲的墓地有草有树，特别是墓地周围开满了各式各样的菊花。

菊花是母亲短暂一生的写照。

三

或许是因为母亲爱菊，我也酷爱菊花。我曾一次一次地走近她，靠近她，亲近她，让我的心走进她的心。我也曾试图变成一枚或一束秋菊，更加亲密地了解她。可是，我眼中的菊花逐渐模糊起来，李白、白居易的诗词意境里晃动着秋菊的身影。

我爱菊花，但读不懂菊花。为了诗，为了作诗灵感的丰满，我双手举起菊花，嘴中念念有词，心中信誓旦旦，但创作的脚步仍略显蹒跚。

四

初秋，太阳的余晖从菊花的婀娜飘逸里，把天与山交界处，涂染成金碧辉煌。暖色黄白的温馨，让秋凉变得重情重义，有声有色，丰富多彩。梦幻从秋菊的胸怀里，开始长途跋涉。

五

菊花是秋天的骨架，秋菊是诗人写诗的由头。当秋菊在秋天的月光下悄悄走动，诗人的梦便展现了惊涛骇浪的诗景，"灵菊植幽崖"的意境在诗人的心底深处奔流。

六

菊花为风、霜、雨、雪代言，站在五千年纸笔叠筑的高度，在一次次春、夏、秋、冬的轮回中绽放，在一次次涅槃之后永恒。

同　学

同学，特殊的称呼，特殊的关系，特殊的群体。

叫一声同学，心贴近了。叫一声同学，情感交融了。世界上有许许多多的称谓、关系，我最爱的是同学。

青春年少时，我们满腔热血，每天与太阳一同升起，每天同月亮一样辉煌。那时，我们内心纯净如水，每个人都有远大志向。

同学间，没有高贵和卑贱。

同学间，没有富有和贫穷。

如今，我们已白发苍苍，但同学二字，仍是那样年轻、漂亮，那样纯洁无瑕，那样一往情深。

如今，我们虽年近古稀，但我们仍把激情挥洒。闲暇时，静静观看风云变幻，和我年轻时的志向一样，看淡那些富贵荣华。

同学，无比亲热的字眼，我们要珍重同学二字，珍惜同学的过程，在人生的旷野上，打开同学的花香，与阳光交流天气，与清风谈论生活。

同学，我们笑过、哭过、疯过、一路走过，值了。

追赶四季脚步的人

森林里，几名追赶四季脚步的巡山人，用顽强的毅力，把责任举过头顶，把信念封存在天边，用他的火眼金睛，让太阳月亮的东升和西落变成永恒。

季节的脚步，总让人猝不及防。追赶季节脚步的人，刚迈过一个门槛，森林的格调便提升了许多。春、夏、秋、冬按照远古的顺序，该来的来了，该走的走了。巡山人坚定一个信念，把自己的年龄雕刻在树木的年轮里，参天大树不敢在任何一个季节门口停留。

巡山，好像是一种责任，可在他们心中，巡山就是义务。

春天，花开鸟鸣的季节，追赶四季脚步的人容易陶醉，在他昏昏欲睡的时候，责任大喊一声，追赶季节的脚步又加快了许多。

冬天，季节的脚步，似乎乱了章法，秋天，美轮美奂的景色，隐藏在森林的心底，追赶季节的脚步，仍旧在追赶的路上。

自己的影子

我曾经无数次骄傲地认为，自己的影子是很漂亮美丽的。

突然有一天，我发现自己的影子很丑陋，与我的认知相差很远，自私的羽毛在影子的侧面说明了很多东西。

从乡村到城市，时间的医生为我和我的影子诊治数次，许多污垢得到了认真地清洗。经历了太多太多的事情，我和我的影子相对无语。

突然有一天，我内心深处的一处病变得到了痊愈，我对自己信心十足。再看影子，比原来漂亮了许多。

我深感内疚，觉得对不起自己的影子，错怪了影子多年。由于我的丑陋，让美好的事情失去很多。

还好，我不会一辈子都执迷不悟在自己的丑陋里。

思想天堂

距离的含义

距离是什么？

该用怎样的方法去度量距离的长度呢？

有了距离，山与山产生了不同的角度。有了距离，人与人就有了不同的关系。春暖花开与寒冬腊月之间，皓月当空与晴空万里之间，风华正茂与白发苍苍之间，贫穷落后与国富民强之间。

距离，或许是一种必然的存在；距离，或许是一个奋斗的历程；距离，或许是一场相思的历练；距离，或许是一种心灵的许诺；距离，或许是一种历史变迁的见证。

距离是空间？

用岁月的目光丈量距离，远岸有我们心仪的港口……理解距离，不如站在距离之外，看清距离的含义。

回　家

小城里的家，舒适、温暖、和谐。

山沟里的家粗犷，亲切，让人心动。

寻根，通常被回家所代替。踏上家乡的土地，温暖便从脚心开始，遍布全身，迅速而及时。心底深处的那点热，与热炕头的温度一样高。

回家，心跳的节奏加快，脉搏咚咚，掷地有声，亲情，在家的柴板凳上生根。

回家，整个村庄就是那永不褪色的印章，高出岁月乡愁，高出家长里短。能拒绝家里雨珠的清纯吗？站在家里庭院的雨中，大粒小粒的雨珠，滚落在地上，思绪会随着雨珠渗到地下生根。来不及滚落到地上的雨珠，掉在我的心里，荡漾成一生的涟漪。

回家，风依旧，但风把一切吹得面目全非。儿时的竹马不见了，用泥摔罐的石板不见了。进村路的青石板被柏油路代替。偶尔发现一块青石板，也苍老了许多。

回家，无论什么时间都是温馨的，心情都是激动的。如果跟月亮约定，走出庭院，我惊奇地发现，墙角那一束小草举着片晶莹的月光，像帮我提着一盏精致的灯笼，帮我寻找儿时的记忆。不知不觉，我心灵的那扇窗户打开了。平常日子里，那些无拘无束的思念，一下子冲了出来，强硬地占领了庭院的每一个角落。

我生来做事谨慎，做人诚实，从不张扬，但回家是个例外，始终保存在内心深处那点坚硬而又单纯的乡音，会像春雷一样炸响。"我回来啦！"这喊声是肆无忌惮的，这喊声是真实可信的，这喊声是自由自在的，这喊声是无忧无虑的。像呐喊。

记　忆

记忆的空灵在生于斯、养于斯的土地上，歌唱和舞蹈。

记忆无法与土地对话，无法与天空对话。记忆靠心灵去培育，靠意识去种植。

记忆中，许多的欢乐、痛苦和呼唤没有穷尽，当触摸到时，记忆又显得无关紧要。

记忆中，村口那棵大榆树，把夏天搭成凉棚，乡亲们把传奇故事撒得遍地都是，无论白天还是夜晚，凉棚周围的笑声缭绕不绝。

记忆中，我的父辈虔诚地在那片土地中守望古老的信念。从村中间穿过的河流，永远充满着引诱我回家的理由。村上不断逝去的人们用灵魂庇佑着这片充满记忆、充满荒凉的土地。

记忆，往往是含糊不清的，却又是实实在在的。记忆中的影子、记忆中的笑声穿透童年、青年、壮年的每一寸时光，让成长的年轮更加清晰生动。

父亲的逝去，把我的记忆充实得很厚很厚。那几天，我们整个家族就像在举行一次盛大的告别。我看见瓦蓝瓦蓝的天空，飘着无数朵白云，久久地不肯散去，像是在向整个村庄告别。

记忆，是过去的影子，把时间分为过去和现在，分为真实和虚构。

记忆，是我生活中的另一半。

犁铧耕耘历史

一个叫犁铧的农具，翻开了耕作史上的新篇章。犁铧，几千年的耕耘，让历史底气十足。

金黄的季节，犁铧兴奋地耕耘，追寻来年新生命的诞生。犁铧翻开的不仅仅是土地，还是许多许多朝代的兴衰和延续。犁铧翻开土地，黑色、黄色的土壤，得到太阳的宠幸。从而，长出心灵的崇尚和卑微。

农作物一茬一茬地死去，只有犁铧一次次经过后，一茬一茬生命才能获取新生。

耕牛在犁铧前面，坚定地奔走，从而更加丰富了犁铧的历史使命。耕牛万万没有想到，它虽然有一次次的终点，却一生也没走到尽头。

犁铧的方向，掌握在耕夫的手中。耕夫扶正犁铧的走向，也就扶正了历史中的是非与对错。

犁铧，耕耘是一片土地，更是一部历史。

林中独白

我们的祖先在森林里孕育了一个时代。原始的生命划过宇宙时留下的那束闪光，溶入了森林的血脉。

面对森林，仿佛有一股甘甜的泉水从原始社会的内心深处汩汩流出。古老而发白的往事，被嫁接在历史上，顿时鲜亮了。

面对森林，世界虚无，森林虚无，我心中虚无……

面对森林，生命的脚步越轻，童话般的梦越浓。

面对森林，在那青黄不接的日子里，枯萎的山花是诗人寂寞诗集里唯一的怀念。森林的神秘，拉长了遐想的空间。从原始社会走过来的那沉重的脚步，分明是响彻苍穹的绝唱，震撼着世界，震撼着我的心灵。

面对森林，闭上双眼，母亲那双温柔的手在抚摸着我并不成熟的脸。睁开眼睛，老祖先那深沉的脚印，在森林里成长，快乐却在我心中开放。一刹那，森林变成了一种令人神往的风景。

面对森林，痛苦和挫折，变得那样苍白无力，前途和希望，顿时变得坦荡和青翠。

听吧，一个执着的声音从森林里传出。原来是翡翠般的林中小溪，流淌出对森林的赞美。

看吧，森林从远古走来，时刻不忘太阳的嘱托，辛勤地为世界所有的生命奠基。

面对森林，当夕阳挂在树梢上的时候，风对我说，夕阳是森林的日历。此时，密密的绿色森林，沾满清脆的鸟鸣。被风一吹，鸟鸣伴着点点滴滴的夕阳，落满我宽厚的肩头。

霎时，一种无怨无悔的感受在心底涌动。

日　子

一

日子在不经意间流过，如水。

每一个细节，都是一个精彩的故事。

许许多多的日子，或平淡，或浪漫，或悲壮，堆积成不可忘却的岁月，历史才耐人回味。人在日子堆积的过程中获得的，都是痛苦背后的平静。

二

我在日子里寻找自己的坐标，我在堆积成岁月的日子里，审视自己，让感叹和遗憾紧紧抓住未来。

日子是面猎猎的旗帜，无论在岁月的任何角落，都能诠释疲惫不堪的命运主题。

三

日子像关不严的水，一滴一滴从手上流走。生命也在日历的翻动中老化。新的日子又打开了新的日历。

人生像一本厚厚的书。日子是序，也是书中的故事，日子又是编后的话。

日子是情感生活的园地，是感性和理性相结合的温床，是辛勤劳作的作坊。

日子是最无情的，它总是在无能为力的人们身边，悄悄溜走。

散　步

散步，在城市里是一种语言。是人的肢体和心灵的语言。

阳光淡淡的，没有牵挂地漫步于街头，悠闲自如，成了一道非常时尚的景观。人声嘈杂，车辆轰鸣，散步者不必为世俗和尘事而哀叹。

轻松散步是一种境界。专注散步，你会觉得自己的悠闲是那样的安然和自得。同时，散步也是一种滋养心情的体验。

散步，心情愉悦时，将心打开，看到每个人都在微笑。

散步在不同的街道，体验着不同的世事沧桑。

散步，是对心灵的一次洗礼。人心与天一体时，人的内心潇洒自如，宁静无比。

书

书，是珍贵的财富，是爱书人一生唯一的珍贵财富。

我爱书，爱读书，爱扮演书中的角色。

书是一种寄托。书是一服良药。书是爱书人的灵魂。

当你感到痛苦无助时，想起高尔基了吗？他会伸出《童年》的手，为你拭去眼泪。

当你孤独时，鲁迅用《野草》把你心灵的栈道铺向天际，驰骋的轨道布满了阳光和营养。

当人生爱的真谛在《红楼梦》里站稳脚跟，《西游记》把真、假、好、坏分得清清楚楚。

水泊梁山一百零八面旗帜，把封建社会勾画得有血有肉。《三国演义》让一群血性男儿有智有勇。

我爱读书，爱读所有书，我真想让自己也成为一本书，让世人阅读和修改。

热爱人生就应该爱书。爱书的人生，才是不朽的人生。

人一生的财富有多种，书是唯一的珍贵的财富。

我的诗歌与家乡

一

多少年来，我的家乡上空仍然飘荡着炊烟的音符。我写诗与家乡有关。我诗中的每一个词汇，都来自家乡村头大榆树下烟袋锅里的典故。

二

我的家乡是一个环境优美、民风淳朴的小村。小村早晚的炊烟，足以让一个个归人热泪盈眶。简单的小村，让我的诗歌在纸上像花朵一样绽放。

三

伸出手，想抓住什么？能抓住什么？我抓住的是家乡村庄赠给我的不屈不挠的精神。

我离开家乡村庄外出求学时，家乡把最富饶又最贫穷的部分给了我，把弥足珍贵而又轻如尘埃的部分给了我，把诗歌的灵感给了我，把写诗的欲望和坚定给了我。

四

身居闹市，繁花似锦，车水马龙，但没有家乡村庄那份宁静祥和。乡村生活是平淡的，固有的缓慢生活节奏，一点点消逝在时光的底层。

夜晚，灯下作诗，思想在夜空翱翔，但总偏离不了家乡村庄的轨道。快乐和深情在轨道中滑行。

五

作诗，是一种快乐。作诗有一种剥离般的感觉。因为，家乡村庄用一种奇特的姿势生长在我的梦里。一个声音告诉我，只要家乡村庄的炊烟在，作诗的冲动永远不会降温。

其实，诗歌是家乡村庄的隐痛。这样的感觉不正是像火焰一样，用特殊的方式升腾吗？

我在火焰中自燃。

我喜欢看树

树的心胸很博大。不论大树和小树，它们都有非凡的气度和炽热的情怀。

人和树相处是前世的一个约定。尘世太喧闹，人心太浮躁。只有树能为你消除烦忧。看树的过程，是一种疗伤的过程。

我喜欢看树，树那清晰的年轮，记录了十年、百年、千年的风霜雪雨。看树能学到智慧，学会包容。

我喜欢看树。累了，烦了，不堪重负时，站在树前，树会告诉你生活的秘诀。还会告诉你人生和四季的变化一模一样。树还会告诉你什么是顽强和坚强。通过与树的交流和对树的品味，你身体的血液会有比海水更为宽阔的流域。

我喜欢看树。树的每枝每丫都珍藏着最耀眼的阳光。树在宇宙间的幽静，成为树梢上的一种悬念。树叶低语，破解了生生不息的艰辛。闭上眼睛，树的周围，好像有一个巨大的气场，蝶群在气场里盘旋。此时此刻，心中会升起多彩的诗帆。

我喜欢看树。

我喜欢夜雨

我很喜欢夜雨。夜雨是天使，是根本无法解释的精灵。夜雨又是钟情的人，有情有义与绿色赴约。

没有雨的黑夜，街上的路灯很亮，程式化的亮没有任何新意。有雨的黑夜，灯光在雨中流动，车开过来是白色的光团，车开过去，车后是红色的河流。没有雨的黑夜，虫鸣鸟叫，在许多并非固定的嘈杂声的干扰下，多事的狗能把后半夜咬得比白天还长。

下雨的黑夜，几声不情愿的雷声后，寂静便主宰了一切，雨在寂静中忘情地叫着，笑着拍打着地面。

春天的嫩芽和花蕾被夜雨感动了，迫不及待地期盼着天明后与太阳对话。绽放，让悸动成为春天的主宰。

夏天的夜雨让所有绿色植物与夜雨温情过后，孕育的过程更复杂而多情。

秋天的果实被夜雨检阅，心中唱起古老的歌谣，五谷丰登的如意算盘，在夜雨中搞定。

天明了，雨悄悄地走了。只要注意一下天边的彩虹，你会发现雨躲在云朵背后，观察欣赏人们新的一天的劳作。

我喜欢夜雨。

我喜欢这不误农时的夜雨。

小　草

当阳光融进水，水拥抱了阳光，小草那柔软的身子带着征尘和风霜从时间的夹缝里走来，俨然就是即将出征的勇士。

我静心地观察，耳边却响起小草生存的夹缝里传出的隐隐撞击声。我的遐思被牵入一道有魔力的缝隙，放肆地体味那些意境。我坚强起来，要像小草那样，托住漫天的阳光，驮起一个沉重的家园。

抗争，是小草的个性。在热浪泛滥的季节，小草抗争的意义巨大。虽然暂时折断，虽然暂时低头，虽然暂时弯腰，但小草并没有倒下。生命的主动权掌握在自己手中。抗争，是小草立于天地间的法宝。

我喜爱小草。

小草是我的良师。

小草是我的益友。

我用小草的嫩叶包裹诗句，再把这充满草木清香的诗送给所有喜欢小草的人。

写作之余

连续坐几个小时，的确是件难事。

特别想去外面走走，看看外面的许多人和事。过去，在农村居住，眼睛累了，脑子累了，喜欢绕着村子走一圈。

农闲时，镰刀、锄头等农具耐住寂寞，在农舍矮檐下，静静地发呆，说呆滞也不过分。

早晨，农具目视太阳从东方升起；晚上，悠闲地目送太阳西落。

冬季，农具静等下雪。只有下雪，院内院外的情调才和它们相配。农忙时，它们无暇想自己的心事。早出晚归，所有工具都成了矮檐下的匆匆过客。

我走到村外杨树林边，微风吹着杨叶，哗哗作响，好似杨树在与我打招呼。

走到村北水塘边，几个顽皮的孩子在浅水处打水仗。浑身已经湿透，但他们仍乐此不疲。此时，虽未有风，但我仍有些凉意。

忽然有风，我打了一个寒颤，写作灵感与风一起钻入我的怀中。

我心大喜，健步如飞，直奔桌案。

心灵的声音

一

那一年，在槐花盛开的时候，你走了，义无反顾地走了。你没有回头，我也没有回头。槐花落时，你也没走出我的视线。

二

联欢会上你的歌声，把窗外杨树上的喜鹊惊呆了。许久，喜鹊昂起头，飞向我心中扬起的诗帆。

我的诗因你而辉煌。心中的诗帆，在你我心海中乘风破浪，奋勇直前。

三

把一颗心装进信封，当邮递员喊着我的名字时，我的心跑了出去。

拆开信，槐树开花时，变成了永恒。

等待，成了十足的理由。

四

又一年槐树开花时，你淡淡的忧郁感染了整个槐树林。草依旧，景依旧，阳光依旧。不信上帝的我，却甘心为你向上帝祈祷。

五

槐树开花，是季节痛彻心扉的悸动。话语、肢体的动作都是虚伪的。我只相信眼睛，那一瞬，摄下的是永久的怀念。

六

一年又一年，山绿了，又黄了。草绿了，又枯了。槐花开了，又落了。生命在一次又一次、一年又一年地不断重复。我心中的那片时光，一逝不回。

我等待。

我等待奇迹。

千头菊

用一千颗头颅，撑起一个季节的畅想，让秋天更加明朗。

阴霾、凝重，被一千柄利剑划破。天空还原了天高云淡的本色。

是苍天的恩赐吗？当忧愁和冷淡从叶尖滑落时，千头菊的身影被太阳拉得好长好长。冻结的梦在秋雨中蹒跚。

一千颗头颅，一千个灵魂。饮露沐风、经寒历雪之后，千头菊还给人们一千个吉祥的祈祷。

最懂得风的语言，最懂得雪的语言，最懂得寂寞的语言。千头菊的品格和风骨，被多少诗人吞食和风化。

站在五千年诗笔叠筑的高度，历史的傲骨，被千头菊阅读成永恒。

朝霞开起时，千头菊用歌声描绘着生命的曲线。太阳落山时，千头菊婀娜的身姿，与黄昏一起，被挂在了树上。

千头菊用温馨迷漫着初秋的夜色。当露水渐渐地拉长脸时，一种冷冷的感觉，让秋在枝头上越长越快。千头菊向人们散发出一种秋的味道。

夜

夜。寂静。安详。

有一只小鸟，踏着盛夏的鼓点，在我疲惫而幽深的心谷中跳舞。记忆的翅膀把情愫托起，沿着感情的轨道，降落于我二十岁的人生驿站。寻觅被你笑柔和了的田野。

那时，纯洁没有长成老练。一个必然结果，在青青的芳草中，老练了一个永恒的遗憾。

二十岁的一个夜晚，你向我放飞一只小鸟，一只穿破暗夜幕帘的小鸟。

我纯洁而迟钝的生物钟，没有奏出春的响铃，我纵逝了一片绿意初萌的纯情。

今夜，一颗孤独的心，踏遍你曾放飞小鸟的小径。

夜。寂静。安详。

有雪的冬夜

夜，是虚幻的，但有雪的夜却无比真实。

广袤无垠的雪地上，偶尔传来几声狗叫，冬夜就更显得纯净、晶莹。

远处，几株老槐树，在风霜雪雨的鞭打下，仍然站成一条硬汉。伴着刺骨的北风，仰面朝天，呼号索还它丧失的青春。

风累了，靠在柴门上休息。关于这个季节的闲言碎语趁机兴风作浪。

往远处看，披雪的丘陵和山峰，将寒冷凝于一身。

有雪的冬夜，埋葬了许多人的浮躁与功利。生命的真谛在冬夜积雪的覆盖下，生成一股暖流，竖起一面旗帜。有雪的冬夜才不那么孤独。寂寞，才会更加丰富多彩。

许多窗口，流溢着橘色的灯光。老人们布满沧桑的脸上，还有对来年的希望。饱经风霜的双手，精心挑选着明年丰收的种子。

有雪的冬夜，弥漫着各种各样的温馨。

远　行

上　篇

当华灯闭上了疲劳的眼睛，天空最后一颗晓星悄悄隐去，报晓的公鸡唤醒了沉睡着的大地。

晨练的人们慢跑在公路两侧。我驾驶着汽车徐徐前进。太阳不知什么时候偷偷地爬了上来，像是向两边的人们问好，更是提醒自己时刻注意交通安全。礼让三先，文明驾驶，前方的道路才会越走越宽。

中　篇

中午。

汽车"哼哼"着无精打采。里程表告诉我，已经行驶一百多公里，需要休息。我呢，哈欠连着哈欠也昏昏欲睡。

于是，我将汽车停在绿荫下乘凉。我跳下汽车，做做徒手操，清醒着高度紧张的头脑。

吃饭。

绝不能喝酒，我叮嘱自己。

再上路时，我精力充沛，汽车也唱起了和谐悦耳的歌。

下　篇

太阳留下一抹晚霞。

此时，正是交通事故多发的时候。那彩带般的晚霞把公路缠绕得五颜六色。虽归心似箭，但交通安全的信念时刻记心间。打起精神，把车平稳地驶进华灯已睁亮眼睛的街道。

一天的奔波，一身的疲劳，但我没有忘记，只有坚持一日三检，汽车才能拥进城市夜景的怀抱。

我眼睛一亮。

妻子在向我微笑。我抱起儿子，挽着爱妻，迈进温馨的家门。

这时，我深深地感到，交通安全何等重要，生活是如此美好。

站在河边看水

清早，闲暇无事，站在河边看水。

谁也说不清，水从哪里来，流到哪里去。水是何物？在我的记忆里，水是拯救劳苦大众的神。

许多年前，我就住在这条河旁边，看水习以为常。如今，我远离家乡，跟这条河久别了很长时间。

过去，水中自由自在的鱼儿没有了，水中多了些脏兮兮的杂草。过去水与我说话，兴致高昂，哼着小曲悠闲离去。现在的水，羞于与人搭话，灰头土脸匆匆离去。

我弯腰伸手摸一下水，闻了闻，过去水中的清香味没有了，闻到些许腥味儿，手感略涩。我心头一紧，头脑顿时混乱得很。

我不知道如何是好，内心深深自责，对不起养我长大的家乡水。

我看一眼村子上空那蓝色的炊烟。它比水的命运好许多。炊烟自由无虑地回归宇宙，回归大自然。

家乡的旧貌改了许多，但过去的岁月痕迹还在。

水，没有了过去的温馨和风光。

我，在河边站了很久很久……

站在森林对面

站在森林对面，仿佛有一股甘甜的泉水从内心深处汩汩流出。古老而发白的往事，顿时鲜亮了，被嫁接在历史上。世界虚无，我心虚无……然而，即使是在那青黄不接的岁月里，森林依旧那样神秘，那样使人遐想，那样使人难忘。

站在森林对面，响彻苍穹的绝唱，震撼着我的心灵。闭上双眼，母亲那双温柔的手在抚摸着我并不很成熟的脸。睁开眼睛，老祖先那深沉的脚印，把森林走成一种令人神往的风景。

站在森林对面，曾经的痛苦和愁绪，变成了美好的记忆。

站在森林对面，翡翠般的林中小溪，唱着歌儿，流淌出对森林的赞美。当夕阳挂在树梢上的时候，密密的绿色丛林，沾满清脆的鸟鸣。一阵微风吹来，鸟鸣伴着点点滴滴的阳光，落满我宽厚的肩头。

霎时，一种无悔、无怨的感受在胸中不停地涌动。

本　色

保温杯

内心翻滚着对待生活的热情，而人们对它的表里不一称赞有加。因为它把温暖留给别人。

保温杯的追求与其他杯子的追求截然不同。

砖

在烧砖窑里练就一身内功，把柔软练成坚硬，从不怕挤压。不管用在地下还是地上，它的作用始终如一。

蛆　虫

从腐败的家庭中走出来，无忧无虑地过着肮脏的生活。别人无法生活的环境，它却很幸福。它一生不接触干净二字。

门

一生只做两件事，一是关，二是开。半开半掩，失去了门的所有功能。

铅　笔

　　一生执着地磨损自己，牺牲自己是铅笔的座右铭。完完整整没有任何作用，把自己身体磨光，形象高大无比。

下部
现代诗

大地絮语

一条大街

一株株国槐

一排威武的士兵

为笔直的大街站岗

阳光柔柔的，火辣的

把一个动人的故事

烤得火热，体温迅速升高

人流

让大街的景致壮美

多少年以后

国槐也许苍老

曾经年轻的两颗心

才开始发芽

国槐

你见证了什么

大街

你见证了什么

大街人来人往

两颗心急剧发酵，心跳加快
大街的温度在升高

家乡的大山

家乡的大山
有想象的高度
有想象的雄伟
溪流拖着长长的尾巴
在大山中快乐地游走
山风低吼
在大山里忠实地巡逻
山中的碎石小路
恪守着大山的嘱托
丈量着大山的雄伟与高度
我爱家乡的大山
大山教会我无私和真诚
我爱家乡的大山
家乡的大山都是想家的理由
无论我走到哪里
家乡的大山
都是我终身的牵挂

风　景

绿荫滴翠

是一种温馨的风景

狂风暴雨

是一种壮丽的风景

古城古堡

是一种炮火硝烟的风景

初绽的花蕾

是一种幸福恬静的风景

缠绵的雨丝

是一种抽象而又立体的风景

大自然是无私的

大自然是慷慨的

大自然给我们提供了许多风景

让我们在风景中惊诧

让我们在风景中索取

于是人世间有了温情脉脉

有了粗犷的山歌

有了那份情和那份爱

有了那风景，因此

大自然的赐予

人的共同努力

诞生许多辉煌壮丽的风景

人站在自然中

就是一种永恒的风景

挑　水

发红的肩膀不情愿与扁担分开

时间经过长时间发酵

情节，把许多故事填满

在那特殊的时期里

挑水，成了早起的第一件事

古老的青石板与橡胶鞋对话

把挑水的意义推向极致

依次打水成了永久的遵守

水桶碰水桶的声音不再单纯

希冀把门外的水缸装满

上山打柴

约上几名伙伴

把镰刀斧子磨得飞快

穿上轮胎底的胶鞋

揣上两个玉米面窝头

再约上阳光一起上山

喜悦和兴奋跑在最前面

满山柴火，若有所思，在等待什么

把柴火割到，把劳累放到一边

把心情摆平，让愉悦轻轻松松

把微风和柴火背回家

妫川的黄昏

黄昏应该没有什么不同
一切都在白天黑夜的交替中
许多事情都要在黄昏前结束
妫川的黄昏有所不同
太阳懒懒的不肯离去
她眷恋着百年不遇的"世园"
心系北京冬奥场馆
树木、花草缓缓隐去
太阳的余晖十分大胆
在与海陀山讲着离去事宜
风，徐徐地在妫川大地上溜达
妫川的黄昏有了些松动
楼房、村庄被烟岚笼罩
汽车不见了踪影
许多东西充溢着我的视线
不起眼的旷野在想象中壮丽
妫川的黄昏魅力无穷

河是什么

河是一条汹涌的汉子
脾气古怪

人们很难认知
我们对河既熟悉又陌生

河是宽厚的母亲
她胸襟宽阔
她原谅她的子女犯错
她是纠正错误的仁者

河是忠诚的朋友
是可信赖的挚友
她教会我待人交友
她教会我识别对与错

河是什么
我在瞬间懂了
河是我心中的梦
河是我心中的谜
不要真切地知道
河的内容，河的面貌
和她真正的意义

河边拾趣

季节如约而来
树叶被迫改变了颜色

浅黄色的生命随波逐流

在试探秋的温度

我兴致颇高

追逐树叶到河边

浅黄色，是秋天的本色

墨绿色，是秋天河水的身份

迪斯科舞曲显得兴奋异常

试着追求早已逝去的风韵

霞光为河边涂上壮丽的颜色

我躲在不易被人发现的地方模仿

自己偷偷为笨拙的动作发笑

一曲又一曲，似曾相识

微寒的秋风与曲调和弦

河边的快乐与温馨

赶走了周边的单调和清冷

穿红戴绿的意念和冲动

不再躲躲闪闪

收获了一缕温暖的阳光

收获了一汪抒情的河水

思绪冲出心灵的堤坝

任意地泛滥

家乡画像

打开尘封久远的历史

从想象的心底

复活

家乡

那山、那路、那水、那村庄

构成一幅平板图案

历史

轻描淡写地一挥

那山

像山里人蹲在那里一样

那路

弯弯曲曲的心境

叙述着家乡人

致富的趣闻

那水，涓涓地流淌

像山里人的心思一样

纯洁，无瑕

那村庄

弥漫着致富的故事

长满胡子的嘴巴

把寓言从烟袋锅里

吹上天空

笑声

寓言，神话

成了村庄的主题

莲花湖

海坨山的骄傲

妫川大地的精灵

从湖面看到了坂泉的硝烟

从湖坝，看到了松山保卫战

妫水女，为你撑腰

大禹治水在此处落脚

你为北京世园会

做出了美丽的铺垫

你为 2022 年北京冬奥会

添加了圆满顺利的砝码

你的祖先，在多少万年前

也许是一座沉默多年的火山

在那刀耕火种的年代

我，我们，是你的子孙

你，看似沉默如斯

实际上，你胸怀宽阔

你是妫川的灵魂

多少年来，你为妫川代言

你为妫川修剪了古老的容颜

在历史的长河中

你何时爆发

请你把我和妫川覆盖

莲花湖，你是我
我们心中永不熄灭的灯
你是妫川人永恒的梦境
永远保留在我们贫瘠的记忆中

妫川广场音乐喷泉

水花在音乐的伴奏下
极不情愿地喷出
从最高处降落下来
完成了一次伟大的重生
灯光照耀下
喷出的泉水
义无反顾，清澈无比
在音乐的引导下
找到了回家的路
音乐、灯光
让喷泉在蓝色、紫色、红色中
脱胎换骨地转换
灯光、音乐、水的融合
妫川广场华丽转身
休闲的倩影
在喷泉水珠的最高处
显现

妫川——这片美丽的土地

妫河汹涌地
从我宽阔的胸腔流过
石头和鱼
成为历史的一瞬

妫川五千年
没有停止梦的跋涉
坂泉硝烟散尽
炎黄子孙
手掌长满印痕

刀戈谷物并存
水火并存
康西草原
清新与野性共舞
海陀风雨
验证死亡和诞生

生育、播种和收获
谈笑、梦想和埋葬
被妫水女背诵得滚瓜烂熟
长城永远醒着的雄魂

体现了妫川儿女

对于民族崇高的感情

妫川——这片美丽的土地

无数条坚硬的手臂

构成挡风阻雨的堤岸

堤岸长满了丛林、鲜花和野草

从此

神圣与文明

在这片土地上，生根

发芽

老家中的老房子

老房子年龄不小，腰板挺直

斑驳沧桑的脸

从熟悉到陌生

从年轻到衰老

在阳光风雨陪伴下

一房子的故事感人至深

烟囱

是老房子衰老的标志

门头上挂着

闲得发疯的扁担

门闩还是那样忠于职守

老房子不情愿接受苍老

但对现状大度、释然

过去

为填不饱肚子愁

为衣衫褴褛忧

现在，在时代不断前进时

在孤独寂寞中

老房子坚守，再坚守

从空气中流动的脚步声

辨别回家的人

林中拾韵

失落的梦境在走投无路时

克服重重阻碍

变成一粒渴望的种子

大胆在森林中受孕

繁衍如海如涛的深情

是谁，这样大胆

把老酒带进林中

太阳醉了

还是那样从容不迫

森林醉了

还是那样雍容大度

晚风醉了

还是那样缠缠绵绵

成熟，摆脱稚嫩的羁绊

长成一片生机蓬勃

林中沉睡已久的情愫

发出无声的呐喊

穿过记忆的断层

在年轮的脊背上

刻下了

许多纯净的涛声和鸟鸣

零件随笔

车轮

不管行程多远

不管在哪里起动

总是从零开始

倒车镜

时刻注视后面

不是为了观景

是为了保护自己和他人

千斤顶

身体虽然矮小

平时很少提及它

但它向上的意念顽强

名 木

你的年轮里
典故堆积成历史
岁月沧桑
一片叶子就是一个传奇
一枝树权就是一个神话
不畏风雨
不畏严寒
绿荫把从前的故事
娓娓诉说
名木，是你的专用名词
你的家
有可能在森林
也有可能在庙宇
你记录了历史的发展
你见证了社会的变化
几百年，上千年
人类社会发生了什么
只有你心中有数

蒙古包

日月山的白云

滑下雄鹰的翅膀

轻盈多姿地

降落在青海湖边

白牦牛一声长鸣

蹄印中闪亮出

一个民族的强悍

日月山上多了一道美丽的风景

青海人用清凉的歌声

穿透油菜花一望无际的心事

霍去病的坐骑

在草原尽头嘶鸣

文成公主歇脚的地方

是草原鹰的家园

空气中的野性和温柔

是蒙古包传出的歌声

农家院

离老远，炒菜香味儿从院墙上

溜出来，游客闻味儿而至

墙头的豆角叽叽喳喳比个儿大小

屋檐下的丝瓜把心事拉得老长

小院主人，穿着围裙，戴着口罩

心比丝瓜的茸须还细

满脸堆笑招待客人

比待自己的家人还热情

架上的黄瓜顶花带刺

时刻不忘端着骄傲的架子

自称身份特殊

茄子不满足生活现状

极力与黄瓜一争高下

土豆刚刚出土见世面

还将泥土的气息留恋

土鸡在笼子里咯咯出声

告诉主人，蛋已下，急需米

圈里的猪正在闹槽

似乎对游客感到不快

农家院什么都是新的

只有各种饮食的味道是旧的

农家院，农家的气息

农家院，老祖宗的习惯

秋日妫河公园

落叶在秋风的肆虐下

不情愿地在环湖路上跑来跑去

又像是轻盈地舞蹈

百合花，经过一个季节的修炼
体魄健壮，性情刚强
草坪上的小草温顺地从绿到黄
机警地把秘密埋藏在
错综的根部土壤之下
为来年的辉煌蓄力

一群野鸭
安静地在湖中戏水
时而钻入水中
把水中的鱼吓了一跳
时而露出水面
引颈发出清脆的叫声
累了，在湖边草丛中小憩

几只喜鹊，站在高大的树上
静观公园里发生的一切
内心捋顺着公园春夏的繁荣
水中的鱼，已经心满意足
在湖边游来游去
偶尔跳出水面展示英姿
入水以后
调整着姿势
做着上天空翱翔的梦
高尔夫球场传来爽朗的笑声
震动湖面涟漪不断

秋日妫河公园
秋风、落叶、橙色阳光
欢快、健康、快乐的气息
赋予了公园成熟、饱满、纯粹的主题

去西安的火车

首都西站，熙熙攘攘
去青海西宁的火车整装待发
人，呼喊着，拥挤着
车开了，似卧倒的长城
火车慢慢地，匍匐前进
嗅着铁轨嗅着陆地
偶尔，发出一声长鸣
告诉天，告诉地，告诉人们
它背负着神圣的使命
京都的友情
在青海草原上放飞
一种深深的憧憬
在青海土族门前放大
土族小妹的舞姿和歌声
装满返回北京的所有车厢
去西安的火车
是两地友情的纽带

日　落

日落，诠释了一个真理
太阳一定会落下去吗？
日落，与山无关
不，还是落在了山的怀抱
太阳，也有疯狂的时候
太阳，也有害羞的时候
太阳，终有落下去的时候
日落时，那些依依不舍
看着叫人心痛
阳光的缱绻疲惫
提高了地平线的心率
日落，是一种无奈
太阳，惦记他的城市
惦记他的村庄
惦记他的高山河流
落下去，是为了明天的复出
一个新的征程
一个骄傲的轮回
从日落那一刻开始

人与树

每天　每天

人都从树边走过

人很忙　很无奈

人看树

心情愉悦很多

树很闲　很快活

树从来都不看人一眼

因为

树有看不完的天空

看不完的宇宙

看不完的世态变迁

树很大度

可以从容面对风霜雪雨

可以从容应对春夏秋冬

人很小气

不能正确面对大自然

遇到困难和挫折

不像树那样泰然自若

树是历经过艰辛与苦难的老人

从来都能倔强地向往蓝天

人很年轻

总站在树下惆怅叹息

向树学习吧

树能让人无比羞涩

树也能给人无穷力量

山是什么

山是什么

儿时的提问充满稚趣

山是山里人的魂

父亲的回答中规中矩

山对我来说很费解

但山使我感到疲倦

不经意

山跟我一起长大

疲倦的我

怎么也走不出山的怀抱

情感在山里散步

一种精神借助山的脊背

把寂寞诅咒得粉碎

山把纯朴培育成信念

我在信念中跋涉

当汗流浃背时

我仿佛站到了山的肩头

葱茏和蓬勃在山里疯长

我的坎坷和失意被山的意志封存

山是什么

山是乡村和城市

联谊的纽带

了解山

钟情山

才知道

山的寓意

是一道永恒的主题

水涵林

执着地，无私地

把自己站立成一种风景

从暴雨狂风中

从风雪严寒中

采撷五颜六色的梦

在一个特殊的环境下，培育。

与泥土潮湿的情感

顽强地向上

诉说一个追赶太阳

的故事

在宇宙的督促下

生命的含义不断扩大

并非仅仅是绿色

并非是一种树木。

许多种思念

许多种意象

把暖暖的情

把水涵林浓浓的爱
深深埋在土壤中
等待从一个世纪出发
创造更大的奇迹

我爱这座城市

我爱这座城市
我高兴，整个城市高兴
我悲痛，整个城市动容
我爱城里的男人
爱男人的傲慢无礼
我爱城里的女人
爱女人的漂亮身段
我还需要什么？
我爱这座城市的全部
疯狂，没走到尽头
痴迷，才刚刚开始
太阳在这座城市很温暖
月亮在这座城市很贤惠
必须忘掉结束
永远为开始喝彩
我从心里爱这座城市
不需要任何理由

下　雨

一个夏季的夜晚

雨摸着黑

从灯光里晶莹地飘落

雨是天水

雨是智慧之水

又是成串成串的珍珠

从天空中倾斜

光芒

把雨夜照得很亮

黑夜那深刻的忧愁

被雨水冲刷

孤寂会在漫漫黑夜中

随着雨水

从寒冷的声音中

以穿透心灵的速度远去

下雨

是一个季节忠实的表述

雨在灯光中摇曳

湿漉漉的花瓣

准备盛开岁月的故事

有人在下雨的黑夜里呐喊

声音比夜色更深沉

回答比雨点更急促

下雨

诗人才能写出一道风景线

下雨

每一个生命的毛孔

都张开渴望的眼睛

所有生物的心灵

都在雨水中显得轻盈

乡村一景

坐在河边说话

是乡村春天一景

鱼群忘记了推水前行

喷吐出的水花

是与说话人的交流

坐在河边唱歌

是乡村春天一景

两岸跳跃的音符

为微风吹来的故事谱曲

整个村庄

都是一台精彩的戏

沿着河边散步

是春天里一景

乡村固定的形式

在河两岸呐喊

种子耐不住寂寞

在阳光中爆裂

春风被自己吹来吹去

把好看的景致告诉别人

蜜蜂飞来飞去

把乡村的景致

装订成影集

让离家的游子

感到家乡的甜蜜

相约春天，相约妫川

诗歌

为了那个相约

妫川大地的春天

用坚实豪迈的脚步

把冬在阳光下消融的时刻

踏得粉碎

枝叶绽放的声音

让妫川大地脉搏

咚咚作响

惊蛰的雷声

回应着妫川大地

绿色的等候

酝酿

让三月信心十足

春天与妫川相约的一刻

信念长成了森林

从妫川大地的记忆中

我们接过了一个传奇

几代妫川人的努力

一个美丽宜居的妫川

携春天一起出发

相约春天

相约妫川

妫河冰层下的鱼

窜来窜去

努力抖落满身的委屈

抖落冬天的牵挂

相约春天

相约妫川

荒凉的土地

竖起一杆杆绿色的旗

让心头的绿色绽放

鲜嫩的风

让妫川大地的心愿

装点首都的一片蓝天

心中的河

春，在妫川落脚

风，在妫川驻足

大美的画卷里

流出了一条心中的河

春天的讯息在河中膨胀

燕子呢喃着南方的故事

河柳打着哈欠

在河水哗哗中绽笑

盛夏汗流浃背

心中的河依然那样惬意

清凉的河水

让盛夏失去了意义

清清凉凉

是心中那条河的专利

秋高气爽、天高云淡的时候

心中那条河

把丰收的硕果挂满两岸

时间在河里兴风作浪

河水把远山染红

季节的脚步缓慢

留恋河岸的无限风光

冬季

心中的那条河

或许披上洁白的盛装

或许变成天然的冰场

为孩子们提供快乐的天堂

勤劳勇敢的妫川人

每人心中都有一条河在流淌

汛　期

赞美雨，雨像情人一样

如期而至

诅咒雨，雨像恶魔一样

肆虐疯狂

汛期，雨的天下

雨水与往年一样，突破警戒线

汛期，忠实地维护了水的意象

水把汛期的心胸填满

滴着水珠的空气爬满信箱

离家很久的游子把一种牵挂

放在太阳底下反复晾晒

当水涨到了去年的地方

雨不忍停下，像是和谁比赛

一种期望，压制着水涨的速度

当所有的心完全摆平时

汛期染上了传染病

病入膏肓把发作的时间推迟

当风里有了草药的味道

汛期的病治愈率大增

远方一首诗，在汛期的空气里游荡

顾及情面，汛期加快了消失的脚步

清澈、温暖的画面

映在所有人不再惊恐的脸上

一片乌云

树顶上飘着一片乌云

一种神奇在云中筑巢

经得住严刑拷问的鸟

在翻滚，结果已不是难题

意想不到，已经入乡随俗

因为有鸟的存在

鸟巢就有了天大的理由

象征什么？答卷没有满分

树，是太阳升起的伙伴

鸟巢给树下了实际存在的意义

纠结，在树顶上议论不休

是谁，为那片乌云下注

特立独行的鸟

在乌云里筑巢

树无论大小，高低

都应该与众不同
还是一片独来独往的乌云
这片与那片没有任何关系
抚摸一棵大树遐想
那片乌云，不知何时
占领了所有天空

一种风景

树是一种天然的风景
很多很多知名不出名的树
执着地，把地站成风景
无私地，把山站成风景
心甘情愿地，把大自然
站立成美丽的风景
树，从暴雨狂风中
采撷晶莹，让风景青翠欲滴
出类拔萃的品格
潮湿温馨的情感
把浓绿的爱
深深地埋进泥土
风景永续

又游西湖

一条鱼在西湖里尽情地跳跃

不小心，撞到了湖上行驶的船
撑船人惊得张大了嘴巴
鱼钻到了水下，惊魂未定

雷峰塔上，挂满了无数传说的标志
断桥上的神话故事
让桥显得洋洋得意
桥下的流水，惊叹不已

许仙心事重重路过
白娘子隐身东坡桃树后偷看
一条硕大的鲤鱼，冲出水面
张嘴吐出老法海的化身

神话故事在千次轮回中演变
卸妆以后，娇俏如旧
欲把西湖比西子
淡妆浓抹总相宜
是西湖天生丽质的绝唱

雨后薄雾

雨后，天晴，一团薄雾
忘了自己的身份
在太阳底下，在群山中

骄傲地，放肆地游荡

薄薄的身躯

矫健的身手

把站在山崖吃草的山羊

绒毛打湿

把低坡上吃草的老黄牛

叫声卷走

雨后薄雾爱恋着群山

让所有的树叶十分动情

经雨后薄雾轻抚

树叶掉下几滴眼泪

风匆忙地赶到

雨后薄雾丢下记忆

轻飘飘地消失在群山中

树叶眼睛里的魂

随着薄雾坚定地远去

雨后清晨

清晨，是一种神秘的时刻

雨后清晨，更是风情万种

天似亮非亮，朦胧中许多故事

都刚刚开始

晨练的老人，大口大口呼吸着

雨后的新鲜空气

被雨点砸掉落在地上的树叶

露出不服气的表情

与微风倾诉落叶的全部经过

稍远稍高一点的空中

有几朵乌云，落在大部队后面

看到雨后清晨的景致

大有自知之明地匆忙溜走

很快，三三两两念书的学生

背着比念书志向还大的书包

睡眼惺忪地走出家门

无意地脚踢刚刚落下的树叶

吸一口雨后清晨清爽的空气

拍一下还未清醒的脑门

心中暗笑，对新的一天，对自己的学业

充满期待和希望

不知谁家的狗发出了一声犬吠

声音像利剑一样穿透清晨的静谧

快要凋零的植物打了个寒颤

后悔自己的步伐迈得太快

整个世界被雨洗得干干净净

所有期待，从雨后清晨开始

雨累了

天边潜伏了很久的云

被风挤成了一条缝
夕阳传递一个信息
风还是那样刚烈
焦渴还是那样急切
雨累了

偶尔
房檐下点点滴滴
分明是一串串省略号
雨水刚刚流成诗句
省略号让幼儿园的纸船
失去了远航的力量
雨累了

焦虑，企盼
歪歪斜斜地走出了家门
一场透雨
成了难得的奢侈品
风刮得于心不忍
土地做着与雨水合卺的梦
心底最深处的秘密
盼着被雨水打湿
雨累了

雨
还有激情吗

还能振作精神吗

还能用那从天到地的长弦

猛烈地弹奏

让船谣在生命中传唱

与一场大雪相遇

2013 年，一场突如其来的大雪

如何与那场大雪相遇

我，至今蒙在鼓里

因为，雪下得十分罕见

当冬刚刚摆开架势

要有所作为时

大雪疯狂地堵上冬的嘴

不准出声，这是大雪的领地

随风飘舞的雪花

无拘无束，肆无忌惮

树，在经过顽抗之后

被折断许多手臂

罕见，恐惧，大惊失色

大雪，十分冷漠的外表

成就了许多冰冷的雕像

与一场大雪相遇

让我受了内伤的心灵

坚强成熟了许多
原来这场大雪
误读了大自然的邀请

在青海

青海湖，足以让人激情万丈
湖面涟漪，许多故事重叠在一起
鱼放慢了成长的脚步
听故事，听得泪流满面
油菜花开成了金黄色的海洋
花浪一浪高过一浪
浪中啪的一声脆响
是日月山白牦牛的吼声
文成公主歇脚的地方
松赞干布的承诺依然闪光
参战的马匹，在青海湖边啃青
偶尔嘶鸣，表达对战争不满
喝下一碗烈性的青稞酒
恪守清规，变成了一纸废文
用油菜花酿成的酒，喝一碗
酒后吐真言不知引用了多少遍
烦了，累了，无奈了，茫然了
用青海湖的水
洗去尘世间的种种尘俗

我精神百倍地

在太阳底下轻松上路

在草原过夜

夕阳在草尖上欢快跳跃

整个草原换上银色的礼服

夜幕躲藏在天边

计算着用黑暗蒙住大地的时间

一望无际的草原

把微风揽入怀中

回头观望草丛中的脚印

早已消散在岁月的风中

蒙古包里点上油灯

蟋蟀在草尖上鸣叫

灯火随着蟋蟀叫声的节奏闪烁

星星眨着眼睛

在与草尖上的露珠对话

情意绵绵，感情满满

有些事儿总让人无法改变

因为

天空离草原那么高，那么远

在草原过夜

你的内心无比坦然

植　树

有了土地

就有了无尽的遐想

有了遐想的时候

就有了一个很耐心的念头

当雷声点燃立春的引线

把种子和太阳

拥进土地的怀抱

春风温柔地呼唤

绿色的信念

品味着四月的情怀

于是

那黄色干枯的记忆里

竖起一排

翡翠含茵的彩笔

因此

把春天

描绘得郁郁葱葱

龙庆峡

你在神仙庙上

驻足那一刻

便担负起了

不是漓江胜似漓江的重任

中外友人惊叹你的神奇

外国总统称赞你的美丽

各色游船

载着不同肤色的向往

把欢乐的喜悦

均匀地洒向水面

旅游

在妫川成了主角

你的名字——龙庆峡

成了妫川人耀眼的品牌

炊　烟

清晨，太阳还未露出笑脸

炊烟以固定的时间和有条不紊的方式

告诉人们，告诉河流和大山

它已变成天边那片白云

炊烟，有它自己的信仰，又是

几辈人袒露心事的标志

炊烟有清有淡

人们生活有喜有忧

炊烟长盛不衰

见证了村庄的兴衰强盛

炊烟，是村民的朋友

又是人们喜怒哀乐的见证

炊烟，从远古至今

都是整个村庄和村民的魂

风和日丽

风，一改曾经的坏脾气

心甘情愿地

沿着阳光指引的小路

悠闲地展露自己的品位

太阳十分坚定地相信

风，从始至终都是一个温顺的孩子

天边的云，看到风和日丽的场面

用一万个理由改变了自己的主张

太阳的热情，感染了什么？

让风突然懂得了许多语言

智慧，在风和日丽里疯长

大度，在风和日丽里蔓延

宽容，在风和日丽里意义更加深远

美轮美奂从不会矫揉造作

如果把风和日丽的日子打包

托运的必定是对生活的希望和遐想

四季牧歌

序　幕

春天

当太阳把温暖

铺满大地时

一个金色秋天的胚胎

在土地里萌动

序幕

从此拉开

冰块

在春天的河里挤来挤去

争相参加换季的演出

萌芽

睁开懵懂的眼睛

清晰地看见

拉开的光亮

映出一个

花果满园的境界

小草

一改初春赋予的羞涩

从冬与春的缝隙中
昂首阔步走上
春天的舞台
一场精彩演出之后
小草还原成本来的色彩
序幕拉开
生生死死即将开始
善与恶的较量
在规定时间内
愈演愈烈

走出去，是春天

青青小草，勇敢地钻出地面
一股草香撞开春天的门
玉兰花乘虚而入，引我
走出家门与迷路的蝴蝶为伍

距离，把我和春天无情隔开
此时，没有任何解释的必要
春暖花开为季节梳妆
花香、草香施展诱惑的技能
让我走出家门不知所措

所有简单与复杂的事情

在这春暖花开的季节，都十分美好
冷不丁，我发现太阳变了一副嘴脸
把所有的探春者看得脸上发热

出门仔细一看，周围的一切
似乎发生了巨大变化
其实，认真想想昨天的事
这里什么都没有改变，是一种幻觉

那只迷了路的野蝴蝶
把我引入了一个陌生的环境
是莫名的恐怖，还是心神淡定？
我心底处的烙印，用风无法洗掉
就像婴儿屁股上的那块胎记

在出门之前
我自持自己泰然自若得出奇
当时间被磨损掉大块
我突然发现，原来我十分愚蠢
意识不到，迈出家门就是春天

早　春

性急的夏天
趁春天筋疲力尽

匆匆粉墨登场

早夏举着火热的招牌

走街串巷

宣读自己的主张

穿长袖的男人

穿长裤的女士

心情烦躁、火热

不顾天边那朵云彩的叮嘱

直接换上半袖、裙子

在季节边缘洋洋得意

十分勤快的蝉

收拾着演唱的行囊

耕牛的假期未完

蝉的精彩演唱

获得了一片掌声

早夏还在驿站休息

盛夏的脚步声，便

震耳欲聋

早　春

风不紧不慢，不温不火

一改往日的暴脾气

用心将大地焐热

用心将山峦焐暖

整个世界进入温暖的旅程

冰，把昔日辉煌装入相册

是哭？是笑？

燕子停下迁徙的脚步

对心慌意乱的冰品头论足

柳芽用顽皮的鬼脸儿

为自己率先的行为骄傲

春天到来的信息

不胫而走

雨点不甘落后

似无数支画笔从天而降

天空，大地

大山，河流

摆脱寒冬的无理的约束

把自己制成一幅画卷

立在天边

一阵雷声

叫出了一个季节的名字

任劳任怨的耕牛

拉着季节奋力前行

三　月

踏碎冰封的严寒

带着湿漉漉的笑

走进充满绿意的相思

柔情，在三月里生根

把一个长久珍藏的秘密

连同鲜亮亮的希冀

在三月里

植进被风吹热的泥土

天边惊雷滚滚

远山如黛，柔柔的春雨

早春的所有章节和故事

把三月的情思

拉得很长很长

三月，故事多发的月份

品尝三月

把故事编成集

留给后面的月份和季节

四月的感觉

四月

掀开干渴的记忆

展开绿色的灵感

埋下春的渴望

当花涂上胭脂

小鸟唱浓山茶

伴着一声春雷

炸响一个新的信念

于是春的画卷里

多了一抹翡翠的色彩

四月

踏碎久滞的阴沉

跑遍大山的峰峰壑壑

脚窝深处注满萌动的激情

与太阳轻轻一吻

绿色的感觉

呼啦啦

爬满春天的脊背

五月的山谷

山谷，按照既定的程序

在五月里丰满

山峦叠翠亮出了自己的主题

山溪与青草早已唠起了家常

游人，与山谷对话

映山红趁机抢占了主角

花朵为了讨好游人

匆匆忙忙打开了袭击的心扉

风，为山谷涂上颜色

五月的山谷开朗大方

让所有树长成了自己

让所有的草忘掉自己的生日

让所有的花任意开到天边

让谷中小溪义无反顾

山谷像一则童话

白雪公主在谷中找到了

上天的路

山谷是一所神奇的学校

走进这所学校

一生一世都没有老迈和沧桑

五月的山谷，是让人惦念的山谷

五月的山谷，是让人奇思妙想的山谷

打开五月山谷的相册

不安稳的心

便得到了无限慰藉

开花过程

早春，空气是温馨湿润的

花蕾结束一个季节的梦

抖擞精神追赶天边的云朵

春风，迈着徐徐的脚步

登上山岭，与花蕾畅谈春天的故事

蜜蜂飞来飞去，满怀希望

向花蕾倾诉它的艰辛

春雷躲在云彩后面发威

把自己的志向和意愿强加给大地

春雨淅淅沥沥地把记忆飘洒

太阳被一只蝴蝶引入歧途

内心里的火车轰鸣，为花蕾开道

月亮吸取了太阳沉痛的教训

在夜间悄悄向花蕾输送营养

许多不经意的细节，帮助

花蕾渡过一个又一个难关

目睹树木花草被雨淋湿

是一件无比畅快惬意的事

大自然无法说出的纹络

逐渐清晰，景致一闪而过时

花，已经凋谢

春天的含义

冬天的脚步还未走远

冬天粗犷的声音未落

大地被严冬肆虐得

还未回过神儿来

柳树枝头

一则春的讯息

迫不及待地，率先，

开出一片绿色的诗情

春，静悄悄地送来一则惊喜

一双温暖的巨手

轻轻抚去冷冰的唇印

大地竖起神经

静静地听着

自己全面复苏的声音，和

小草惊喜的呼喊，还有

大雁从空中传来的歌

春到妫川

寒冷的冬季

还未完成孕育的程序

妫河上一声炸响

四大生态走廊流淌着

软软的绿色音符

万里长城做证

荒凉和贫瘠逃得无影无踪

当森林成为一张名片

宜居生态被城里人青睐

春到妫川

是最普通不过的季节

但在妫河两岸竖起的

是一排排无字的绿色丰碑

是谁在呐喊

妫河两岸那一行行求索的脚印

是洞穿贫困和愚昧的眼睛

是被寒冬禁锢的幼芽

在品味着春的情怀

是河柳在舒展僵硬的腰肢

是春姑娘在妫川汉子的耳边说着柔柔的情话

春到妫川

妫川黄色干枯的记忆里

充满阳光

充满希望

在春的授意下

整个妫川大地竖起神经

整个妫川大地屏住呼吸

静静地听着

来自天边的呓语和雷声

春　雨

比绸丝还细的雨丝

无声无息

如烟如雾

把天空洗净

把大地浸透

沾湿了历尽纷扰的窗纸

湿透了被冰雪紧裹的根须

杏林边缘

想起了惊蛰的雷声

桃源深处

沐浴着春分的雨滴

梨花无语

只因清明时节雨纷纷

春雨滋润了荒山原野

春雨滋养了肥田沃地

春雨过后

阳光改变了方式

春风吹绿了山谷

春快到了

淅淅沥沥地下雨

空气在冷暖之间受困

世界贴上了乍暖还寒的标签

因此

春天的脚步逐渐缓慢

描写春天的诗写了一半

春天便躲在温暖的背后

淅淅沥沥的小雨

把季节的顺序搅乱

丁香花自己说了算

欣然找到了自己的座位

玫瑰花被雨淋得站错了队

玉兰花极不情愿地落下来

风，给予了它对土地的爱

蝴蝶在温暖的地方换季

浪漫、温柔选定了出嫁的日子

草地上那行模糊的脚印

饱含春天的讯息

春，还没到吗？

风，告诉了全部答案

春　意

冬天的脚步还没走远

孕育程序还未完成

一个迫不及待的使者

发出粗犷而响亮的声音

惊醒了柳树枝头

那首绿色的情诗

情义绵长是诗的开头

争相斗艳是诗的结尾

一双温暖的纤手

轻轻抚去冰冷的唇印

欢快而爽朗的河水

沿着柳树的思路

把冰块送上回归的路程

整个大地竖起神经

静静地听着

大雁和其他候鸟的歌声

春天一日

清晨，疲惫的公鸡偃旗息鼓

纯清的露水，浸湿村庄一隅

半坡的桃花，把清纯献给世界

熟悉的犬吠，赶走了天边的一朵残云

习惯了春天，当然不以为然

井台上打着哈欠的女子

仍青春无限

田埂上，痴情的青壮男子

向土地吐露着珍藏已久的心事

从城里来踏青的女人

被远山山顶上的青雾吸引

深一脚浅一脚，踉踉跄跄

在浮想联翩的土地上流连

春风不紧不慢地赶路

不时与刚长满枝芽的树细语

拥抱春天，留恋春天

春风不舍做出痛苦的改变

晚霞在山顶上驻足

细品春天将要消失的呓语

树梢挥舞着晚霞的昏黄

春天倦懒地进入了梦乡

盛　夏

进入盛夏

一个繁花似锦的季节

从天而降

蝉鸣

略显几分烦躁和不安

从高山上流下的小溪

累得不声不响

蟋蟀拒不与其他昆虫为伍

在茂密的草丛中匆匆赶路

去参加一年一度的

歌唱盛会

村口那只老牛

用肥大的舌头舔着嘴唇

带着它亲生的影子

在河边悠闲地散步

不知谁家的狗

张开口

吐出许许多多狂热

公鸡躲在阴凉下

盘算着报晓的心事

迟到的雨

十分愧疚地

把整个世界淋湿

天边裂开了硕大的口子

泻出来许多凉爽

父辈们一脸庄重

因为

心里的庄稼在盛夏拔节

丰收是早晚的事

雨季感怀

走进干枯的雨季

湿淋淋的思绪

悄悄地爬满黑乎乎的窗棂

雨季

总有一种熟悉的呓语

自耳畔响起

荒漠的田野上

泛起

她那一片叮咛的绿洲

企盼，固执地

在雨季拔节生长

被蹉跎成缠绵的情感

穿过雨季

被淋湿了思绪

停泊在温馨的港湾

别问我为什么

也别问我们为什么

因为

我们都有过阵痛

我们都没有错

也许

阵痛过后

强烈的撞击

会分娩一个永恒的颤抖

雨季过后

日子将会更加清瘦寂寞

小城夏日

小城夏日的主题

是你和我

黑裙子上

显示着调色板

被打翻的痕迹

相依相拥

把记忆挤得洒满公路

是什么样的精灵

随汽车的喇叭声

一起走进你我的掌心

不小心

滑落到地上的

是你我感情的葱茏

蜻蜓，被你的俏丽

弄得颠三倒四

黑裙子被风刮起

小城夏日的主题

是你和我

这样的景色

夏天拿出热度王牌

让一种景色升腾

孤陋寡闻的我大吃一惊

知名的不知名的野草

沿着沟谷，山坡奔跑

野百合、山菊花冲天高歌

大树、小树任性地生长

展露它们对空中的渴望

绿，是一面旗帜

绿，又是迷途中的一团火炬

绿，是张狂的坦露

绿，是一个季节成熟的标志

绿，是所有景色的领航

这样的景色说明了什么

请准许我

对这样的景色遐想

请原谅我

思维的又一次张扬

景色，景色本身

无拘无束的属性

当给这样的景色定位时

整个原野顿时哗然

中　伏

中伏第一天，半晴半阴

冷空气始终缩头缩脑

太阳驱赶乌云的时候

温度趁机上升了许多

你在很远处，与春天相约

潮湿，与春天无关

季节把自己翻成夏

离春渐行渐远

中伏，太阳疲劳得很

季节的诗集

从来不缺少故事

太阳站在中伏的肩膀上
三伏已经焦头烂额
天气一改温顺的脾气
光明与幽暗交织在一起
天与地终于成为一体
中伏，完成了自己的心愿
眼睛，在中伏里总不明亮
但华丽的故事从这里开始

一个伏天的下午

伏天，空气变得有些躁动
人的情感，偶尔轻浮
阳光在火热中暗暗升级
下午，蝉累了
不小心，蝉鸣掉在地上
一声脆响，伏天到了极致
人们的脚步有些凌乱
大嗓门儿的声音有些沙哑
阳光加大了力度
喧哗的场景变得死一般寂静
天边的一朵云
摆脱了风的羁绊，一动不动
风，水，光，全部凝固
远远的一个雷声传来

哗地打破寂静

我摘下眼镜看看窗外

粗鲁的思维有些冲动

不顾一切，穿过时空，穿过万物

施展出浑身解数，让

伏天下午在日历上变红

暴　雨

暴雨不假思索地下

落在树叶上

整棵树一激灵

暴雨落在小草上

唤醒小草欢快的节奏

暴雨落在庄稼上

庄稼拔节声不绝于耳

暴雨落在地上

发出跳跃的声响

感恩的心被激活

暴雨淋湿了四季

春夏秋冬变得有棱有角

暴雨过后

天边落下一片彩虹

我想说没说出的话

被暴雨说得干干净净

宁静的九月

九月的情绪

不再燥热

面对颗粒饱满的年景

秋风、秋雨在例行公事

过滤出清亮的宁静

收获，在九月里

已经是必不可少的话题

九月

拒绝荒芜

季节的颜色在蜕变

花在宁静中绽开笑脸

果实在九月里安家

因此，九月的

俗语也变得伟大

宁静的九月

前面没有开阔地

硝烟

在九月里散尽

中秋月

月在中秋时节

亮出了自己特殊的身份

被中秋月照过的地方

一天比一天凉

林旁小河

被中秋月照得越来越老

山脚下的那些白杨

打开话匣子

发泄对中秋月的不满

白天藏在树林中的蝉鸣

被中秋月照灭

草在月光的威慑下

不得已改变了颜色

中秋月，站在季节的门槛

指手画脚，喋喋不休

游子，在月光的催促下回家

又在冰凉的示意下离去

执着、善良的中秋月

养了一群不听话的孩子

每年中秋节的影子

总能让孩子们想起什么

或有话要说

十 月

时间还在原地踏步

风的姿态越来越重情重义
金秋的演唱会进入高潮
我已打好背包，准备远行

快乐的心，向着远方张望
无数双眼睛
追忆过去的正确与错误
曾经流过许多信息的河水
继续把当年的模样送向远方

夕阳十分留恋黄昏世界
夜幕来临，果香飘在路上
当我被远方山谷里的虫鸣惊醒

十月早已变得亮丽堂皇
那些不知名的花草树木
在十月里心境透明敞亮
内心多么饱满，色彩多么金黄

十月，遐想在无限膨胀
许多传说，被迫完成了自己的辉煌
季节的影子，停止了喧哗和吵闹
在十月里畅饮岁月的琼浆

一个季节

简单的履历
在秋风中散发着饱满的味道
沉甸甸的步伐
把最原始的期望
走进大丰收的殿堂
因为
绿色的憧憬，丰收的希望
找到了生命的坐标
田间地头
铺满丰收的歌谣
富庶、跳跃的音符
蹦蹦跳跳，嘻嘻哈哈
涨满农家小院
粮仓溢出辉煌

在秋天里行走

雨点穿透早已成熟的绿叶
雨声便哗哗作响
在秋天里行走的脚步声
被秋雨淋湿的黄昏卷走
晚霞潜伏在大雁的背上

呢喃着前行

天边已无路可走

可晚霞的步伐越来越大

情感一丝不挂

季节硕果累累

意识，感觉

在秋天里大步行走

风，推开了关闭了一个季节的柴门

把那唯一的一点感动

送进农家小院

感应与季节交融

十分清醒的头脑

摒弃了被春风所误的愁思

在秋天里行走

多愁善感的石子

总是善意地提醒你

无论发生什么事情

都不要对下一个季节

失去惦念和希冀

在秋天里行走

把被秋雨打湿的思绪晒干

亲近一下

枝头没有退净的彩虹

霜　降

晚秋走到冬天的门口

被地面凝结的冰针吓了一跳

一个季节负重前行

所有的生物步入凋零的轨道

很远处，千里沃野

一片片银色冰晶熠熠闪光

一个声音切切

雾锁层峦红叶几许变黄

因为霜降

秋天变老了，青草变枯了

树叶枯黄，片片凋落

让霜降杀戮百草成为事实

满身戎装的山野

为迎合霜降的到来，为霜降捧场

毅然决然瘦身

霜降，让秋天心事重重

九月望日碧天静

山川河流速转身

树影萧疏，秋风骤起

当所有的绿色、绿叶

沾满秋霜时

天边留守的那几片云

生动、无奈，并凝重了许多
停车坐爱枫林晚
霜叶红于二月花
初闻征雁已无蝉
风刀霜剑严相逼的诗句
把霜降季节写到了极致

秋

太阳费力地转了一圈儿
蝉结束了盛大的音乐会
绿色的宣言
已被季节装订成册
当树叶决定迁移户口的时候
许多昆虫竭尽全力一跳
把天弹高了许多
天高云淡，没有任何理由
秋风在果实的邮箱里
找到了金秋收获的借口
一个季节扳着另一个季节的肩头
窃窃私语
议论秋天的主题
夏疲倦费力地踮起脚尖
欣赏秋丰厚的脊背
柴门前，屋檐下，那一串串的日子

在秋天里长得有血有肉

秋天一棵树

红叶，红色

让秋天苍老许多

满树的红叶

让秋天的脚步蹒跚

树叶的嬉闹、拥挤和推搡

包含了树的快乐和生机

进入秋天

那棵树步履艰难

深秋的肃杀

让树在冬天门口徘徊

为满足绿的意念

树舍去生命的一部分

秋天里的一棵树

体态苍老了许多

内心却十分强大

冬天是这样的

气温被时间无情地鞭打

寒冷的气息在旷野弥漫

草，结束了自己的生命

大山河流发抖

冬天是什么样
大雁做主，响亮地回答
南北的温度骤变
时间进驻遥远的雪山

季节以不变应万变
冰刀割断时间的话语
阳光钻进防寒服内取暖
冬天的姿态冷若冰霜

在冬季里散步
手足无措，纯属心灵感应
遵守寒冷的规律
羽绒减少了应有的温度
时间始终在路上漂泊

寒冷的冬季，心甘情愿
为春暖花开的季节蓄力

冬　季

大地额头上的皱纹
吓退了寒风的凛冽

太阳

裸露出苍白的笑容

给不安分的大地注入燥热

命运一排排倒下

但灵魂却在翩翩起舞

冬季深处

闻不着稻谷的清香

种稻人深浅不一的脚印

在凛冽的寒风里闪光

冬季特有的开裂的伤口

流溢出结满伤疤的经历

荒原很老

荒原又很年轻

十分憔悴的足迹

把高低不平的世俗掩盖

枯草艰难地跋涉

残雪已瘦骨嶙峋

被冬季冻伤的目光

仍然不缺美感和含蓄

时间挂在太阳的肩头

温暖把寒冷融化

斑斓的梦

把冻伤的火种点燃

在寒风里歌唱

绿色睁开惺忪的眼睛

被冬季风沙掩埋的神往

从禁锢的牢房里冲出

冬季变换了一种姿势

变成了春天的驿站

初　冬

初冬的太阳

少了几分娇媚

增加了几分矜持

初冬的风

梳理着秋天那段日子

把金黄色的思念

在初冬的太阳下晾晒

秋天的记忆

在初冬季节膨胀

冷静的思考

在初冬的日子里没有答案

不太成熟的那点情韵

在初冬里热烈火红

越过自己重复的日子

塑造孕育崭新的青春

经过季节的锤炼

悲壮豪放

坚韧不拔

走进深深的宁静

进入初冬季节

刚刚迷茫一阵的情感

在太阳的辉煌里

完成了一次刻骨铭心的动荡

成就眉梢的一脉意象

用所有的泪水

淹没了幼稚的幻觉

迷茫沉默

凝聚在一起

变成了初冬里

一道美丽的风景

初冬没有停止前进

远方的召唤

让初冬的视觉不再蒙眬

爱　雪

雪

一小片雪

一大片雪

一场大雪

姗姗来迟

雪藏匿了整个冬天

当春的脚步咚咚作响时

雪不情愿地

撒满庭院

撒满屋顶

撒满高山

撒满田野

雪

给我们惊喜

给我们启示

爱雪

不需要理由

雪明知触地就是死亡

但仍义无反顾

因为在降落中

在触地融化中

雪，努力地，尽情地

完成了自己

我爱雪

如同爱我自己

冬

在冰箱里储存

整个世界，冰冷，已成非复制品

绞尽脑汁，想尽一切办法

考虑制作春的嫁妆

用江河、渠水做线

用森林、翠绿锁边

单薄无助的太阳

在三九隆冬里练功

下雪的旷野，广袤无垠

大雪与白云接壤

天地混为一体，展现冬的全貌

天边露出一道缝

春，露出惊艳的暖暖的笑脸

等待严冬圆满卸妆

腊　月

寒冷，为腊月开路

夜晚，被凛冽的寒风占领

太阳已疲惫不堪

云彩，失去了本色

腊八粥显得无精打采

小寒大寒的交接显得仓促

腊月没有了真实意义

村庄、城市在腊月里缩身

篱笆庄，被冻得发僵发抖

路旁的小酒馆炉火不旺

饮酒者口吐寒气

遮掩住小盘酒菜

看不清是什么模样

手脚冻得直哆嗦

是腊月特有的正常现象

雪夜，变成了无垠的雪原

积雪，一直都想改变上帝的主张

河流，被迫闭上自己的嘴巴

无法对寒冷的肆虐张扬

深沉的郊野，换了一个姿势

在腊月里冷静得出奇

是积蓄力量，还是为春天上场拉票

腊月，春花烂漫在隐蔽处窥望

那年冬天

那年冬天，天气冷得出奇

寒风的魔爪把季节刮得伤痕累累

空旷的山野

被狂风肆虐得滴泪成冰

冬至，挺起胸膛过了一道坎

夹克衫在那冬天紧俏

老家农村的火炉

炉膛里挂起火红的灯笼

火炉接受皮肤的诉求

用温度与寒风抗衡

季节与放荡无关

病毒的繁衍得到毁灭性重创

那年冬天的确无法复制

冰冷已不是那年冬天的专利

辗转难眠的转瞬间

小雪、大雪在季节末尾不期而至

一种魔力从冬季的缝隙走出

冬季寒冷变得更加恐怖

有一种说不出的东西

堵塞住我们的喉咙

连同我们的血管

所有植物都在向那年冬天示威

季节四题

一

春天十分兴奋，不紧不慢地

走在冬天身后

风，和蔼地抚摸着

树身发青的枝条

刚探出地面的小草

对新的环境惊讶不已

不按套路出牌的雨丝

浇湿了世界的眉头

绿色铺天盖地涌来

让春的血液尽情流淌

温暖的意象

从天边爬满大地

二

夏天喝下春天这副良药

便大汗淋漓地，开始了

一生的规范性旅行

树叶裹着蝉鸣

被风吹得哗哗作响

许许多多扯不清的关系

在闷热的夏天迎刃而解

严酷是性格，炎热也是性格

在汗流浃背的夏天丰满了许多

春天的叮嘱

在沉闷的夏天里发酵

一个季节长出了腾飞的翅膀

三

秋天与春夏的日子约定

让成熟去做新娘

从天边吹来的一丝凉风

吹开了山谷的面纱

一张收获的通知书

赫然入目

地球强迫白天变短

坦然的告白

让迷乱的晚霞，迟迟不愿退去

秋天的额头有一本账

记录着时光的债权债务

阳光，月光，在壶里翻滚

赶在寒冷到来之前

让农家庭院堆满希望

四

冰天雪地舞着自己的名片

不断重复着春夏秋的嘱托

生命的重要节点

在奇妙的日落日出中

变得十分强硬

凛冽的寒风，一语道破

让太阳的光辉无拘无束

冰雪，让自身的温度

降到冰点

智慧，冲出牢笼

把叹息扔到九霄云外

复活，成了强硬的理由

岁月抒怀

爱是什么

爱是什么
爱是一杯清纯的美酒
一口喝下去
醉得我死去活来不省人事
爱是一束鲜花
看一眼
额头爬满甜蜜并且无奈的相思
爱是一首小诗
读一遍
梦便寻到了落脚的小岛
梦想成真已是不争的事实
爱是一支利箭
我中箭落马的一瞬间
爱抹去所有的伤痕
爱是什么
爱是思念的魂

爱的表现

把一根很容易折断的草绳

加上一点点纯真的爱

草绳便坚韧无比，用力量

把所有的人生牢牢拴住

在许多的日子里，燃烧了许多偏执

略有呆滞的目光，把天和地割裂

爱，用习惯的脚步，走进情的纷争

及时地判断正确与错误

当错综复杂局面无解的时候

爱，总能在关键的时候出现

爱，在风霜雪雨荆棘坎坷中

稍遇阳光明媚

爱，很快就会找到没有预约的幽会

爱，在一阵大彻大悟之后

爱的真谛迈着大步上岸

爱的回眸

偶回头

被情所困的时代

随风飘去了

云朵后面多了几分爱恋

十分沉重的代价

把爱推上

年龄激流的浪尖

轰轰烈烈的爱被摔得粉碎

眼泪滴在纸上

把昨天浸湿一片

过去已不再辉煌

无情的岁月

捡起我丢失的

那一片痴情

回眸

从遥远的天边

朦胧中走来

春天河水里的水漂儿

爱的脚步

爱

还是小心翼翼

艰难地向前

在饥渴难耐的沙滩上

欣喜地喝下一杯水

爱，便在五脏六腑泛滥

太阳升起时

爱是兴奋的精灵

爱过高地估计了自己

在太阳底下

翻来覆去晾晒爱的理由

太阳落山时

爱不知疲倦地

追赶夕阳

树梢上的昏黄

是爱留下的标记

爱的脚步匆忙

是有人为爱领航

爱的脚步迟缓

或许爱的心在受伤

蹒跚的脚步

路途迷茫

爱走进感情驿站

爱已伤痕累累

尽管如此

爱

仍没有失去前进的方向

曾经的日子

风，漫无边际地刮

雨，连绵不断地下

山，风雨过后，换了一副面孔

勤奋的炊烟，被雨淋湿
却被风撺得乱跑

不小心，掉在院子里
紧咬住心酸日子的缺口
记忆，满目疮痍
心底，阴冷得可怕
幻想，爬上云端窥望
不着边际的醉意
被时光碾得粉碎
风和雨共同找到了归宿

曾经的日子
早已破烂不堪
怎么睡也睡不醒的人
提高了一点梦的温度
索然无味，让日子真实许多
我拒绝
曾经的日子
再现

别 离

时间在心头永驻
别离把日子捆得很紧

燃烧一种情感吗
随风漂泊的记忆

春天是振奋心情的鼓
打乱别离时的情绪
抱着我们共同栽的树
恍惚抱住自己
激动把誓言洒满大地

夏天是一架悲凉的琴
无情地弹拨已走远的往事
思念把别离咒成神话
满眼满心都是痛苦的回忆

秋天已收获不少的情感
时间已无家可归
对机会说一声道歉
别离把散碎的时光聚集
冬天走上迁徙的路

等一等吧，看一看吧
别离已不是一种唯一的方式
一年四季
耳畔刮起震耳欲聋的风

存进与取出

一个身影，略显消瘦
一种偶像，略显庄重
一种意念，略显坚定
十分小心翼翼地
敲开微闭的大门
存进去的，是希望，是唯一
是积累了许久的感情和指望

时间，经常走错路线
意念，轻车熟路
跌跌撞撞冲进去
取出来的是惊喜，是财富
是宽慰和喜悦的利息

存进与取出，途径、方式不同
意义也不同

辞　别

人生有多少离别
谁也说不清楚
学校大门外，小桥旁

风，刮得慢了
河水，似乎感觉到了什么
我们是要分开吗？不，辞别
两年同窗，何须离开？
我要去山区家乡执教
你要去赶最后的班车
两颗心在碰撞，无语
两张脸微红，无语
你我心里都很清楚
见不到面的日子是一种煎熬
难道一切都将被忘却？
心中要说的话太多
怎能说出口
朝霞很美，但没诗意
河水虽清，缺少情感
送你什么？
把这一河水送给你
但河也有枯竭的时候
把一轮朝阳送给你
但它很快就会西坠
如果延续以后的思念
把一个宽厚的背影送给你

等　待

不知什么时候

记忆被一只废弃的笛子吹响
时间已被雕刻
从容掠过世纪的前额
在飞翔中等待
心中滑翔过的那条河

成熟与智慧合拢
被鸟啄空的葵盘
还在想让太阳转个不停
成千上万年是个什么模样
抚摸一下
让等待找到充分的借口
需要承担什么
一种精神的生产
在焦虑不安的等待中
破土而出

独　酌

中午的太阳，眼睛瞪得很大
风，躲到山湾处歇脚
温度累了，停止了上升的速度
时间，有了准确的说法
我独自一人，红酒一杯
不错的心情，是最下酒的菜肴

往事，不紧不慢地，在酒杯前徘徊
红酒，不断改变颜色
说来奇怪，许多问题需用酒解决
酒的颜色变深以后
说不清的事迎刃而解
一筹莫展在酒杯里显得明明白白

独酌总有些许欠缺
时光总在背地里夸大其词
尝试着找个酒友
对话，总会让人疲惫不堪
独酌，思绪随影而行
跋涉的脚步与红酒同流合污

独酌，是一种景致
海阔天空

那年秋季，你说来看我

那年秋季
中小学生运动会
你说再忙，也要抽时间来看我
我盼望着，期待着你的出现
你没有来，我继续等
我等到了一场大雨

你没有来

我等到了一场大雪

你仍然没有来

又下了一场大雨

又下了一场大雪

又一年秋季运动会

场边仍然响着你来看我的声音

几年过去了，我不知干了什么

但经常总会想到

那年秋季，你说来看我

独　坐

整个下午

我独坐在电脑旁

看图像变幻万千

侵蚀我灵魂的领地

心中有一棵大树

树上挂着儿时的笑声

静坐很孤独吗

寂静的时光

穿透层层设想

坦露出一条宽广道路

远处游来一群鱼

川流不息的河流

冲垮了

背诵了多少遍的谎言

时间

零零碎碎地溜掉

日落的喘息声

提醒了我疲惫的思绪

时间在忍耐中

被坚韧一点一点缝合

暮色苍凉的身后

好多种愿望跃跃欲试

闭上眼睛冥思

无数匹战马奔驰

把独坐的意境踏碎

读　书

读书，让我们的心灵

被无限净化和纯净

读书，让我明白许多事理

终身的所求所悟

在刻苦读书中释然

心情自然轻松坦荡

读书，你会觉得日月更明亮

你眼前的路更宽广

读书，使人变得真诚、开朗、理智

读书，是智慧安上翅膀

读书，是书中日月长的诠释

人生，是一所大学校

难免有人坠落和迷茫

刻苦读书

圣洁的光环总会眷顾你

你的眼前永远都不会一团漆黑

学会用心血读书

学会用智慧读书

如果，眼前是望不到边的大海

只有认真读书

才能打开驶向彼岸的风帆

如果，眼前是一座高山

只有认真读书

才能把意志写满山峦

读不懂你

站在阳光的肩头

却无论如何

读不懂你滚烫的明眸

下雨的时候

一枚多情的种子

穿行在你的沼泽地

寻找梦中的那棵树

被雨淋湿了的疲惫

痛苦地喘息着

把延误了太久的明天

装进昨天的相册

抓一把最深沉的思索和思念

填补塌陷的季节

你生动自己之后

温柔滑过指尖

滴湿我心房的干渴

岁月的骨骼

撑起我细碎的思绪

无数只阳光的眼睛

盯着你如诗的背影

当读你成为习惯的时候

折碎的章节

挺拔得越发勤奋

一个弯弯曲曲的声音

磨掉新锈

读你

读出神秘和旷达

不是不明白

我

为什么读不懂你

儿时摔跤

儿时的天蓝得出奇

儿时脚下的地比现在的肥沃

摔跤，是儿时最喜好的游戏

晚饭后，场院边，草垛旁

摔跤的热情把初冬的温度

提高了许多

四只臂膀甩出儿时的稚嫩

四条腿较力较出不服输的劲头

棉裤开裆，露出了雪白的棉花

一团棉花，恰巧被天边的白云发现

白云惊愕不已

怀疑自己不小心掉在了地上

初冬的晚风十分顽皮

推着棉花悄悄地离开了摔跤场

趁别人不注意，顺着小路跑向远方

稍不留神，风用力一推

将棉团推向天边与白云汇合

儿时的摔跤，摔出了勇敢

儿时的摔跤，培养了坚韧

浑身的汗被风掠走

玩趣依然兴高采烈

摔跤把棉裤的棉花摔出

是小伙伴取笑的话柄
也成了我多少年的玩笑典故

分　离

世间
最精彩的曲调
不是有情人的相聚
而是相聚后的分离
肆无忌惮地抵抗
拉响韵律的弦
炸响无数个思念
一片片思念的碎片
把日子堆积得很厚
许许多多的无奈
让日子发酸发涩
心底那无边无际的苦痛
把分离的曲调调得最高
既然相聚如此短暂
又何必在乎分离

父亲与儿子

父亲眼中
儿子是希望

儿子眼中

父亲是大山

儿子刚学会走路

就拿出大人的架势

想把路走得方方正正

路还没走稳

就理解了跑的含义

儿子跟在父亲身后

太阳跟在儿子身后

跑呀跑呀

儿子摔倒了

他求助地看着父亲

父亲给他一个眼神

儿子爬起来

拍掉身上的尘土

继续向前跑去

儿子的未来是神秘的

前面是阳光、大山

还是蓝天、绿树

或是困难、挫折

肯定一点

儿子的路

不是父亲的重复

高处的春更短

高处，低处，两个世界
山顶上，春，还在犹豫不决
花还没有展开胸怀
在游人面前羞羞答答
青草探头探脑
心事重重一言不发
树叶，一副含羞的面孔
风，催促了多次，仍留恋
最早孕育她的那个枝杈
山下是春最终的那个家
花，无忧无虑绽放
草，没有丝毫顾忌地疯长
高处的春更短
更高的山也许没有春
有的是常年不会融化的雪花

惯　性

一种思维的叛逆
把寂静，打回原有的梦想中
是什么无休止地干扰
惯性，无端怀疑可靠性

听惯了吗，宇宙发出的那种声音
智商、情商的错误惯性
却得到了有效的纠正
梦，擦着边缘显赫自己
做梦的人强打起精神
一脸疲惫不堪
虚幻的景致
从不计较语法的正确与错误
荒唐的理念
得到了错误的换算
声音，在得不到充足营养时
天空与大地，仍然
被声音的颗粒覆盖
一个人出现了严重的认识缺陷
填补时，出现了错误的时间表
当一个缺点滑落到错误的边缘
固执，找到了洗涤自己的理由

从无到有，从有到无
惯性，被时间牢牢锁住

过去的就叫它过去

时间倒退了许多
过去了的没有任何标记

神圣的信念还未彻底摧毁

心灵的创伤不容触动

被风雨折断的大树

断裂处已有新枝

被牲畜践踏的小草

根须上又长出新的嫩黄

被恶言恶语中伤的心灵

心底处早已把过去原谅

狂风暴雨摧毁了土地

千万记住

无边无涯的绿色波浪

照样在悄悄地生长

不要怨恨不要悲伤

自然界里顽强的生命力

治疗所有的曾经的创伤

过去的，就让它过去

面向未来，面向美好

珍惜前面的辉煌灿烂

把过去的永远遗忘

经历过生活的惊涛骇浪

用双手把丑恶的过去埋葬

离　别

槐花兴奋地睁开眼睛

沸点，已结一层薄冰
天空落下纷纷扬扬的思念
忍痛，把不该有的季节打翻

眼泪，把思念洗得干干净净
千种不舍，千万个理由
话到嘴边，有一个声音拼命
抽打即将离去的那颗心
槐花无语
轻轻飘落，无声无息

一种煎熬，铺满了整个田野
槐树痛不欲生
离别，是一种概念
是一种极其残忍的概念

打翻了所有的感情
空气比以往紧张了许多
挽留的话还未说出口
槐树就颤抖不已

风，逃得无影无踪
槐花痛苦地闭上眼睛
不忍看到发生的一切
思念，不听劝阻，一意孤行
时刻有被无情绑架的可能

天空的一群鱼

游进一个古老故事的城堡

对离别不屑一顾

省点时间去大声哭泣

聚也是景离也是景

相聚最是黄昏

挽留不住的

不是此情此景

而是缓缓滑落的夕阳

你的目光

在我的目光里驻足

两颗狂跳的心

拼命缩短着距离

夕阳与大山亲吻时

你我身边

有一种奇怪的风景

挖掘别离的痛苦

风在书写相聚的情书

一笔一画

写出相聚的美妙

离别时

风加快了写的速度

邮寄不出去的

还是那首情诗

在离别的锅里

煎熬着你我

时间在不知不觉中作怪

离别的锅里

满满一锅浓浓的中药

却不能医治沉重的相思

世上只有不变的心

没有不会分岔的路

你和我

把李商隐的诗装进口袋

发酵后掏出来

全是美不胜收的风景

聚也是景离也是景

假如生活不够公平

假如生活不够公平

不要忘了那一段明媚的日子

昂起头，整理好心情

睁大眼睛，看清邪恶与善良

抹去生活中的苦涩

把失魂落魄踏在脚下

净化尘埃密布的心

静下心来想想吧
一个遥远温馨的地方
她在向你招手
她在轻轻地将你呼唤
只有无私的阳光
才在勇敢者的额头驻足
让祈求公平的哲理，说教
见鬼去吧
希望属于光明

很想见到你

奇特的时间
在匆匆忙忙中
错过了驿站
回眸时
很想见到你
拥挤的目光
掉进记忆的陷阱
打捞出
被人日夜思念的女孩
是一场梦吗
梦的情节蹒跚前行
当梦扬起帆的时候
太阳丢失了归宿

太阳失落，一不小心掉在地上

碰响了

我思念的琴弦

过程是一种宿命

从春暖花开到厚厚的积雪

许多故事和情节

在特殊的版图上

仍有些许余温和光泽

穿过时间的隧道

将过去收录

值得怀念的东西

些许是过程的全部

过程是一种宿命

我们只能记得黎明和黄昏

街中央，路中央

始终人来人往

怀念日出的时光

就等于怀念黄昏的壮丽

忘了这种过程

阳光就缺陷了许多

陌生的河流已经结冰

什么欲望点点失去表达的意义

大雁在十分熟悉的路上

做一次长途跋涉

总把人惊喜的消息

挂在遥不可及的天边

经过一个季节的洗礼

过程的意义丰厚了许多

冬天便迫不及待

把过程装订成册

过程是一种宿命

太多的表述毫无意义

过程摇身一变

阳光、月色震颤了一下

宿命便坚硬无比

回　味

包装

把我们的过去尘封

当时间的通道闪出亮光

把包装开启

情景便有了

久别重逢的记忆

大街小巷

还是那样通畅

电线杆上的路灯

还是那样明亮

只是

过去的岁月

已爬满额头

过去的时间

已疲劳不堪

说不清的一种滋味

摆脱精神的羁绊

藏入心底的沼泽地

每逢佳节倍思亲

每逢佳节倍思亲

写出来，给自己一个理由

中秋时节，一个思念

在这一天长大，心也丰满

意也丰满，月也丰满

与月亮有关的诗歌

在中秋里不再寂寞孤独

月亮丰满自己给诗歌做伴

写一首长诗，挂在月亮上

把思亲的线拉长

月亮主动圆缺不全

一个亘古不变的冲动

悬挂在空中

游弋在宇宙

思亲的苦痛在挣扎

嫦娥掉下几滴眼泪

中秋的月光直通心底

在秋风萧瑟的日子里

每逢佳节倍思亲

已经没有了退路

节日，给我们许多念想

月亮，给我们许多警示

从月宫悬下大型条幅，写着

你我是历史一瞬间的主角

那首诗

那年夏天，火焰遍地

情感龟缩在不知名的角落

由于胸口痛，我的

伤口鲜血不止

那首诗里的火把

把思念烧成灰烬

被风一吹

思念长成一片绿叶

季节十分冷静，不动声色

雨水愤怒地肆虐

屈服，在季节脚跟处松动

诗已经泪流满面

几只不知趣的喜鹊

站在那首诗的肩头

掠取双眼溢出的那点爱

泪水把感情灼伤

空气蹂躏着诗的感觉

天边那片黛色的云

睁大惊恐的眼睛

好奇地把那首诗读完

那首诗

是一首值得纪念的诗

盼　望

笔秃了

在耕耘劳作的驱使下

写诗的笔秃了

最后一个句号

迷失了前进的方向

心境

把邮箱装满

写诗的手有些僵硬

发稿的手有些颤抖

稿纸上没有眼泪

电脑里没有怨言

太阳走了一圈又一圈

月亮也在日复一日地等待
风从远方刮来
空气中弥漫着
远方报纸的清香
一个熟悉的名字
在坚守一方阵地
仗打完了
邮递员说
胜利了

情人节

风中传出玫瑰的芳香
手机微信一个声音不断
还较寒冷的风
把春天的柴门刮得
咣咣乱响
情人隐藏在甜言蜜语里
意识在波段中震动
把许多脆弱的心搅乱
呓语里传递一个信息
西方的爱情要在东方筑巢
纷乱捋不清情感
让手机的体温升高，发烫
手中回着短信

心中咚咚作响

约见的地点飘忽不定

咖啡色泽逐渐加重

味道少了以往的温顺

风中传来测试的波段

两颗心说什么也拧不到一块

痛苦、甜蜜，五味杂陈

情人节，西方的节漂洋过海

搅乱了多少颗心

思念，没有了浪漫的感觉

回忆，缺少了幸福的砝码

扫　墓

春风把大地吹醒

复苏，是季节门槛里的头等大事

首先，青草耐不住寂寞，首先

充当绿色的使者

清明是一个季节的逗号

一切都刚刚开始

风，唤醒了先人的灵魂

显灵，期待后人祭奠

站在墓前的人，毕恭毕敬

把一种期望埋进墓里

乌鸦在不远处的树上鸣叫

期待先人的赏赐

一阵默语之后

跪着的身子终于站直

把心中紧闭的窗户

全部打开，长长地出了一口气

雷声阵阵

收拾好散碎的心情

把步子逐渐迈大

心，离墓地越来越远

人在路上

所有的道路连在一起

伸向不知名的远方

人，背负着沉重的梦

跋涉在几近荒芜的路上

梦想离现实很近

梦想离现实很远

风景不断变化

人在路上的姿势没变

人在路上

孤独和思念与人做伴

人在路上

渴望自己是一道风景

人在路上

不知不觉

在脸上刻下许多沧桑

成熟却在人的心底扎根

人在路上

像一匹坚韧的野马

脚下全是青草和河流

人在路上

困难劈头盖脸

不远处

就是最高人生驿站

人在路上

心归何处

人永远在路上

伤　情

切开一个果

你一半，相思之苦

我一半，爱恨一生

你我共同

品尝苍白和忧伤

打开一颗心

两串相思

你一串

我一串

品尝离别之苦

爱一生，爱得辛辛苦苦

恨一生，恨得缠缠绵绵

一生爱恨无休

你，我这一生

经历了太多太多

暗红色的伤情

身　影

身影

同样十分坚定

坚定

是一种本质

身影

总是很清晰

清晰

是一种风格

身影

略显年轻

年轻

是一种期待

身影

若显孤单

孤单

是一种心灵的历练。

身影

如果是一种寄托

寄托，是生命中的颤动

身影

是一个人的全部

是一个人一生的风景

十根手指

十根手指能捅破天

十根手指能插入地

手指引领爱情的风暴

所有的工具失明后

手指把爱情延续

世界杯点燃以后

手指爱得深沉似海

爱情发出的气息

被手指敏感嗅到

轰轰烈烈的爱情大战

从十根手指开始

天，是那样的蔚蓝

大海，是那样的辽阔

指尖指处，天空没有利益

大海没有了一丝浪

十根手指是十首思念你的诗
十根手指是十架弹拨你的琴
听天由命
让手指去改变一切

思　念

闭上眼睛，一种情感
让我看见你
睁开眼睛，一种迫切
让我听见你
曾经共有的日子
被泪水浇过以后
长成茁壮的野草
思念便漫无边际地疯长
太阳又长了几岁
老得发黄的思念
在头脑里没有了痕迹
时间挽留一个话题
你嘤嘤软语的年代
似乎走得很远，我
独守情意之树
景物依旧，思念
愈发挺拔潇洒

嗜　好

整个夜晚被我折叠起来
思绪张狂着闯出门外
整个寂静的村庄
被我装进上衣的口袋

翻开办公桌上的日历
与去年今天一样
狂风使劲刮个不停
我的嗜好在风中站立

不知过了多长时间
我的嗜好全副武装
整装待发的灵感
一头装进夜里
一首长诗
在黑夜里长成了大树

桌子椅子的骨骼坚硬
它们很少说话
与我也很少交流
但保护我的嗜好，准确地
顺利通过没有光的路

许多许多的日子
在灯光下被晾干
极其丰富的内涵
把饥饿感治愈

从上衣袋里发出微弱的光
那是我的疏忽
也是我的无奈
更是我的一笔财富

泡上一杯龙井茶
嗜好渐渐清晰了许多
就这样整个夜晚
被无情的嗜好霸占

碎梦拾韵

把相思揉成碎末
铺满心中膨胀的轨迹
时间的脸拉得很长
感情的海潮
渴望着温柔的沙滩

绞痛
折磨着路灯下的徘徊

踱步
分明是丈量感情的尺码
当风把你的气息吹来
心中的故事
孕出满纸相思
孕出满眼泪珠

闭上眼睛
拒绝感受
不相信这铺天盖地涌来的
竟是这漫无边际空茫的夜

被说出的时间
是属于黄昏的日子
但是
感情最容易发酵
悸痛过后
一种缠绵却丝丝缕缕

希望
在明天招手
我相信
这是一种真实的画面

调　整

风，及时地调整了心态

把一缕极其疲惫的余晖

放到路边高大的白杨树的顶端

西山头，一群懒洋洋的故事挤在一起

多种版本的窃窃私语

放肆地盘旋在村庄的上空

浓重的喘息声变得十分混乱

太阳余晖漫不经心地与树对话

中心主题是坚定地去，还是

委屈地留，一时犹豫不决

当灯睁大眼睛的时候

柴门外，报晓的公鸡踱步

圈栏的猪哼着陈词滥调

恐怕被主人无情遗忘

农村的心境，得到少有的更新

为城市的憧憬增加了厚度

五味杂陈合成的万能胶水

沾不住例行公事的标点符号

夜，在前面竖起一堵墙

太阳的余晖巧妙地藏在地平线以下

为旭日东升做好了一切准备

往　事

往事，像寒冬季节一样寒冷

往事，像暖春季节一样温馨

乌云，浩浩荡荡寻根找源

流水，始终没有找到最开始的家

季节被寒冷重重包围

记忆，从不按节令封冻

冬天，回忆往事的场面最大

痛苦与幸福在往事里纠结不清

天空的雷声，为往事喊冤

遍地的雨水，在追逐往事的辉煌

感慨，把往事的闪光点封存起来

把往事散落在坎坷的路上

只要掌握好拼图的技能

才能把散落在路上的往事串起

把眼前的日子过得敦敦实实

没有皱纹的情绪

从往事堆里爬出来

大胆地承认，流动的水是不老的

封存的往事，在没有得到晾晒时

是今后日子跋涉中的指南针

往事，被风抹上疲惫的余晖

岁月和行程合成的胶水

把过去和现在黏合在一起
所有往事成了生活当中
一张必不可少的光盘

无奈的爱

褪色的
是曾经的海誓山盟
你把潇洒留下
放飞无奈的爱
坦率
早已失去贞节
勇敢没有了本色
畏惧也惨遭失败
请问
是谁的安排

无声无息

寂寞被无声无息的风翻开以后
仿佛有一黑翼在烦乱如麻的心空中飞翔
航道流淌着不健全的语言
每个词组都是祖先曾使用过的繁体字

古老的书页已经泛黄

记忆露出了无限苍白的本义
历史直挺挺地躺在那里
意志，坚定地在无声无息中更加坚强

复活在无声无息中站直了腰
生根发芽在意念中重复着很古老的动作
模拟的鹰在意念中留下清晰的翔痕
一切，都从无声无息中开始

夜，太黑，太深，太恐怖
连风也找不到前进的路
没有星光，只有目光
目光离黑夜里的心距离最近

孤零零的日子在无声无息中站立
有一种幻景总在爬上爬下
血管里的血液出现燥热的时候
日子的额头爬满晴朗的光辉

无声无息逃出了毁灭的下场
生命的长度得到了无限的延长
人的每一根骨头都是一棵树
树在无声无息中开花结果

勿　忘

车轮飞奔向前

剪开斑马线

全力弹拨

柏油路那悠长的音符

伴随马达隆隆

奏出愉悦欢快的乐章

勿忘

宁停三分不抢一秒

勿忘

路旁竖起温馨提醒的标志

岗亭里的一片温情

还有，还有

远处那绚丽无瑕的彩虹

车外一缕缕温馨的清风

赏心悦目的美景

都是由亲人们、朋友们

晶莹剔透的期待构成

喜　欢

喜欢什么？喜欢一种情感

不喜欢什么？不喜欢一种现象

喜欢是一种十分抽象的概念

喜欢一滴雨、一阵雨

积少成多，把万物滋润

喜欢一阵风

风能传播健康的喜讯，风还能

把绿色洒满一地

树叶的嫩绿和枯萎

把喜欢的概念澄清

我把喜欢珍藏在心底

也许我从此辽阔无比

喜欢时光的坚固无比

那你必须从时光的沉淀中走出

去爱抚春夏秋冬四季如一

喜欢，从始至终没有错

喜欢在朋友圈发表观点

更喜欢许多朋友点赞

打开记忆的阀门

我的整个世界被喜欢点亮

喜欢是什么颜色

冬眠的鱼在摆动身体的时候

清亮而干净

是喜欢不可或缺的底色

喜欢孤独

时间站在原地不动

黑暗改变了颜色

风，不再是风

停在门外傻乎乎发愣

空气十分活跃

蹦蹦跳跳闹个不停

是要与世隔绝吗

从未做过任何体验

从光明到达黑暗的永恒

人世间所有的一切

都化作无形的浮像

雕刻在时间的纱窗上

孤独有特殊的属性

在一个不被约束的状态下

我喜欢孤独

当孤独睁大了眼睛

一种臆想漫无边际地徘徊

意志力，竖起了一面坚韧的旗帜

孤独是出色的旗手

乘风破浪，奋力向前

孤独一反常态

当找不到时间的消息时

在一切都十分固执的情况下
我喜欢孤独

向　往

城市的高楼、街道
没有一丝山村的味道
小摊上的山杏、李子、核桃
跑到城里与我会面
布衣素食津津乐道
心中不悦，可以无限抱怨
大声讲着山里的故事
烟囱的炊烟听得久久不散
我向往山村生活
喜欢听没有丝毫紧张的犬吠
犬吠、鸡鸣之后
大山的寂静被打破
山中的微风，山中的小溪
趁机包围了村庄所有的路口
刚刚睡醒的喜鹊
不断打听故事的结尾
水滴，鸟鸣，群山里风的歌唱
比小贩叫卖声、汽车喇叭声
好听许多
我向往神仙般的山村生活

一杯绿茶里的往事

只有水，只有烧开的水
才能叫绿茶幡然醒悟
绿茶的叶，变得十分舒展时
我的乳名在扎满篱笆的村子里叫响
疲惫的记忆，露出了一道缺口
茶杯里的往事随着茶香出走

不知是什么季节的风
把心里的山全部吹皱
端着茶杯，腰肢妩媚的女子
叫醒了一个季节的沉睡
一杯浓浓的绿茶
把许多往事的心扉全部打开

略显昏暗的灯光里
摇曳着绿茶的豪言壮语
之乎者也在茶杯里发酵
诗歌在绿茶里分娩
日子，被阳光磨得没了棱角

生活在传说中不是我的爱好
一杯绿茶让传说神乎其神

热爱一杯浸透的绿茶

比热爱生活浪漫许多

往事，还有记忆的价值吗？

茶杯里显现了岁月的轮廓和影像

移动的爱

爱的定律被咀嚼以后

爱便漫无边际地泛滥

有时变得诡异多端

有时变得反复无常

极度草率，不是爱的嘱托

我曾经极力思索，爱是什么

哪里有爱，哪里有真爱

答案蹊跷得很，诡异得很

许多臆想，得不到合理的融解

时间被咀嚼得支离破碎

可爱，完完整整地存在

想知道，是否曾经爱过

爱的轮廓被捕捉以后

爱的征程似乎缓慢了许多

疼痛减轻，轻浮便不屑一顾

静静的河面，荡出爱的涟漪

干净的水流，把爱冲洗

心脏怦怦，是爱的躁动

一条大河

让爱在激流中重新上岸

有许多的理由，让爱移动起来

即使是十分迟钝的感觉

爱的体温也逐渐发烫

因为你温柔

清风撕开夜幕

露出跋涉者的身影

跋涉的步履铿锵有力

惊醒了感情的幼苗

风雨交加的日子

电闪雷鸣

把天分成两半

天地结合处

一种奇怪的现象

诅咒丝丝甘甜

因为你温柔

不知好歹的雨

淋湿了我的思绪

迷茫的心思

穿过幽香的梦

走进成熟的情怀

因为你温柔

在梦中

多少美丽的向往

多少珍贵的时间

风雨同路

告别却揭示着重逢

微笑和欢乐

尾随你的身影潜行

有花没有幽香

有鸟没有啼鸣

插下一排柳枝

当闪念重叠在一起时

柳枝

早已绿成春天的诗行

母亲最早的歌谣

总有一点点忧伤

分手了无数次

期待了许多回

走近那遥远的岁月

心底的沉重

撰写出无数篇章

把梦中的情感过滤

去拥抱那冷漠的时光

梦中桃源

必须用新鲜思维注解

于是

不会让任何难题

在思维版图上筑巢

摘一缕清风送给你

摘一缕清风送给你

让你在夏季里清凉行走

曾记得，四月的笑容，四月的清风

让我心动

清风里的暖诗，暖景

情感动人，意义深远，景色幽新

百合花开成一片海

抓一把清风扔进海里

大海波涛汹涌

岸边幽静的小路

飘着那一缕悠闲的清风

诗在清风里疯长

摘一缕清风送给你

你我内心变得十分辽阔

与清风一起赴宴

张开的心叶被清风触摸

清风与诗化成寓言

无数条隐秘的道路

被清风友情开创
诗与清风共同登上最高殿堂

走得太快的人

走得太快的人
不留神
走到了自己的前面
回头看看
除了自己还是自己

走得太慢的人
十分的努力
仍然掉到了自己的身后
回头看看
才知道别人把自己拉得太远
向前看看
前面都是身影
可他的周围
都是挥之不去的身影

无论走得太快还是太慢
这种人坐下来
仍然找不着自己
左也不是

右也不是

当心静下来时

他突然找到了

不快不慢的节奏

过　去

如果可以回到过去

让鲜花开满

无忧无虑的世界

掐一掐稚嫩的手指

捋一捋顽皮的小辫儿

整个世界，都能发出一声脆响

一根树条，骑在胯下

骑马打仗走南闯北

累了，倦了，困了

柴草堆里一睡

睁开眼就是欢蹦乱跳

我们，他们

在过去的阳光下争相奔走

把时光踏出情趣

把日子走得辉煌

仰望秋天的屋檐

一缕和煦温暖的风

感慨万千

沿着田埂前行

把丰收、富裕

送进已翻新的柴草茅屋

在过去的时光里

过上好日子

才是

永恒的希望和企盼

乡里乡亲

孩子小姨

孩子小姨五十多岁

勤快，勤劳，节俭，任劳任怨

进门放下包就进入角色

做饭，拖地，打扫卫生

像在自家一样

为别人泡茶，为客人找烟

给别人盛饭，夹菜

饭后，抢着洗碗

别人闲谈，看电视剧

她，默默干活儿

从不与人争强好胜

从不与人斤斤计较

岳父在世时

孩子小姨更忙

给岳父揉脚

给岳父分药

叮嘱岳父吃药

收拾岳父的衣物

夜深人静时

别人静悄悄看节目

孩子小姨

歪在沙发上打盹

孩子小姨，在

整个家族中口碑甚好

教　师

你额头的皱纹

蕴藏着你的宽容与智慧

一点点沧桑

填满了你平凡的履历

你鬓角闪亮的银丝

忠实记载了

你春夏秋冬的艰辛里程

你在孩子们心中

是师长，是父母

孩子们在你心中

是自己的孩子、祖国的花朵

你的言谈举止，在孩子们的心中

筑起了

一道理想的长城，你

在讲坛上的身姿

不仅是孩子们的内心典范
更是教育事业的神圣形象

恋在黄昏

一条丈量不完的大街
一条弯弯曲曲的小巷
两个人的命运节点
在大街小巷奔跑

大街总有难言的故事
小巷总有苦涩的风雨
读一回，再读一回
还是难以破译

她无奈地关上房门
把感情按在床上
思绪翻来覆去
铺满床的每个部位

他拿起发疯的笔
日夜默写她的身影
大街亮了
小巷直了
恋爱在这里筑巢了

邻居少女

一缕芬芳的歌声

从乳白色的窗帘缝隙溢出

时光从姑娘纤细的手指流走

窗外那片绿地上

蹦跳着动人心弦的鸟鸣

少女拉紧生活的琴弦

弹奏着青春的乐曲

把美好的世界

揉进芬芳的歌声里

从此

邻居少女的歌声

让白天阳光更灿烂

让黑夜月光更朦胧

自由的向往

插上翅膀

搏击长空

让少女歌声的魅力

握住那永远流动的时光

邻居大婶

邻居大婶，七十有二

和蔼可亲，端庄大方

干净，勤快，农活儿样样都行

街坊邻居齐声称赞好人

大婶喜欢种菜

豆角、黄瓜、西红柿，品种繁多

每年吃大婶种的菜

是经常的事儿

大婶很大度，助人不求回报

做大婶这样的好人不易

大婶听后，和蔼一笑

大婶从不与人争执

遇事宁可自己过不去

也不让别人过不去

宁可自己吃亏，吃大亏

也不让别人吃一点亏

与大婶做邻居

气儿顺，和谐，心情舒畅

看跳舞

在广场边上看跳舞

心情，被舞姿扯动

随着慢三快四游荡

无论男人和女人

只要你从他身边走过

或是有意瞄他一眼

此时的舞姿最美

音乐好像懂得人的用意

心情随着节奏狂舞

凡是跳舞的男人和女人

脸上都开着一朵微笑的花

音乐节奏加快

男人和女人神情庄重一语不发

音乐节奏舒缓

男人和女人偶尔对话

跳舞，可以跳到夕阳西下

看跳舞，可以看到忘记回家

缅怀父亲

那个叫边墙沟的地方

是您抽着关东烟、转悠半生

劳作半生的重要的地方

岁月一天一天堆积起来

把您堆成小山坡上一只船

船里装着您 88 载的心事

每一件都透明、鲜亮

您一辈子都喜欢大声说话

喜欢与别人笑谈家常

船里装满野草

千万记住，有你有我

如遇到什么烦恼

你千万要跟我说

过去错过的，今后不能再错过

为了明天的彩虹

你我必须好好活着

蒙眬中睡去

我在蒙眬中沉沉睡去

回故乡的路颠簸不平

沙石路上，除了石子

还有那熟悉的鸟鸣

当太阳藏在山的背后时

火炕下藏着一个精灵

鱼跳龙门扰乱了我的视线

儿时的顽皮

在碧绿的杨树林里迷了路

在杨树杈上做了一个梦

梦见父老乡亲汗流浃背

努力把空中的鱼放回大海

我小心翼翼地

踏上没有了记忆的田间小路

已泛黄的高粱地

仿佛闪过父亲的身影

一群多彩的蝴蝶，包围了

小时候喝的山泉水

印象中，鱼成群结队游出来

跳龙门成了一种虚无

参差不齐的语音

把我的童年说成了梦

依稀记起的青春年少

在梦中多了几分寒酸和惊险

忘记时光，忘记过去

梦醒以后

不能忘的是幽幽的故乡情

秋天看山人

山谷里玉米熟了

田野里谷子熟了

性急的辣椒把自己染红

让成熟的意义更加丰富

看山人斑斓的梦熟了

看吧，看吧

秋天的肌体多么丰满

看山人与太阳携手走出草屋

宽厚的脊背写着坚定

抬头望去

每一道山的缝隙里

都藏着一个悠久的谜

只有秋天

看山人不再孤独

看山人不再寂寞

看啥呢，熟透了的山歌

被山风咬破

伴着日出日落

在山地的脊梁上飘来荡去

秋天

看山人的日子不再打着补丁

裸露的青筋

是看山人

秋天的脉搏

又是内心深处的秘密

秋天

看山人一声呐喊

熟透了从春到秋的期许

三　姨

早起，扫地，浇花，打扫卫生

眼睛很大，经常用眼神

拔去别人恶语中的刺

对待别人的疾病

她的语言是一服良药

她的温情是一帖膏药

贴上一帖，药到病除

勤俭持家是她的为人之本

帮助别人是她的人生习惯

没有私心处事大度

处处为别人着想

在繁杂的事物中，只有别人没有自己

三姨

承袭了女人的全部美德

她，恬静透明的心窗

让太阳更加明亮

让花朵更加鲜艳

三姨

就是这样的人

山里打工仔

白云绕着山

一圈一圈地转

它心事重重

把打工仔的心搅得很乱

诵一遍山里妹妹的目光

决心便长上了翅膀

走西口的情节显得鲜亮无比

去城市嫁接太阳

把城市的信息

送回大山

在土炕上孵出

季节吐梦的鹅黄

胆怯

早已成为过去

吹着口哨

伴着山里妹妹的思念

在城市里的橱窗前陶醉

日子

在打工仔的口袋里

长出一代人的期望

富裕

是打工仔的名片

让城里人刮目相看

送给爱人

我是一叶漂泊的小舟

你是舒适安稳的港湾

有了你

阴沉的杂念被我沉入水底

有了你

头上是一片干净晴朗的蓝天

艰难的漂泊

惊险的旅程
你的叮嘱
永远是
茫茫大海中没有标记的帆
有了你
我在大海中乘风破浪
顺利到达胜利的彼岸

同学聚会

从众多的时间里，抽出
一根已经接近苍老的肋条
把许多许多拼凑在一起
四十七年后的聚会，令天动容

时间已生锈，遍体斑点
额头已皱纹密布，沧桑无尽
很久很久的年轻时的冲动
在年龄的脊背上成熟了许多

把陈旧的记忆在脑海中洗一洗
在同学间的光泽中晾一晾
哪怕是天地被同学情遮盖
旧事，仍然被激情紧紧包围

上课铃声还在心底敲响

操场的上空，还飘浮着那时的青春

除了年龄，其他全部依旧

银铃般的笑声，还有几分稚气

时间已有些疲倦

激情又重新安上翅膀

聚会的过程，被思念的泪水浸湿

什么时候

找一个理由

让两段时间对接

让疲惫的同学情得到休整

把现在抓起，用力扔回青春

同学　你好

天涯海角走到一起

是我们共同的缘分

一起走过珍贵的两年

天赐的缘分

毕业四十七年

终于找到一个理由

约全班同学聚会

不为别的

只想一起怀念那两年

峥嵘岁月

叫一声同学
握一握双手
声音哽咽
热泪盈眶

和同学聚会
不管有钱还是一般
不管是否当官
只想看看现在的你
和同学聚会
送上一份关切
送上一声问候
可见情意绵长

同学你好
在上学的日子
你我青春年少
四十七年一瞬
你我都已变老

再聚首
绝对是个正确的理由
用不再明亮的眼睛
看看对方的双眸

同学

是我们最信任的人

过去我们是同学

现在依旧

不仅如此

我们还是最好的朋友

真想用碗喝酒

道一声兄弟姐妹

我们是一生的朋友

我们是一世的同胞

我们友谊天长地久

有同学的地方

无论是乡村还是城市

都是最美最漂亮的地方

两年的情谊

四十七年的距离

面对面地说说过去

回忆回忆不大的操场

想想那么熟悉的课堂

仿佛看见劳动课用的那架马车

还有那晚自习幽幽的灯光

大家的脑海里

都有彼此青春的模样

见到了多年的同学

没有了压力和紧张

说不完的同学话

道不完的同学情

端起酒杯

没有多余的话语

眼睛盯住对方

一口喝下去

闭上眼睛

你我把那种感觉

回味和品尝

顿时，你我心中豁亮

有同学在的地方

大地宽广

天空晴朗

同学你好

记住我，记住你，记住大家

今后不管发生什么

我们一定常来常往

我根本不想

床的另一边

是诗的家园

你带着无法抹去的情感

从诗里走来

我根本不想

被雨水淋湿的岁月

放大成艰辛的树

接受风霜雪雨的检阅

日子被时光冻得冰冷冰冷

情感超出季节的护佑

在狂风中跋涉

一只旱船

载着无尽的思念

把思念的距离拉近

我的思绪在床上跳跃

墙的拐角处

一片汪洋

升起思念之船上的帆

站在思念的泪水上

眺望

我根本不想的那个人

林业干警

很早很早

你就把生命的坐标点

标注在绿色的年轮里

你牢记祖国和人民的信任

你高举着大山的嘱托

踏着绿色滴落的鸟鸣

让太阳跟着你

从东走到西

责任大于天是你的座右铭

累了

拥着你那橄榄色的身影

睡在森林温暖的怀抱里

让月亮跟着你

从东走到西

倦了

盖上翠绿的被子睡眠

你，睁大眼睛，不知疲倦

昼夜为森林值班

警徽、帽徽为你做证

为了森林国土安全

你是合格的森林干警

小　姨

她，十几岁，扬起脸告诉我

你叫我小姨

稚嫩，被无限放大

童声，被无限苍老

没有害羞的神情

没有局促的神态

大大方方

被十几岁小姑娘注册

我，羞涩，不安，被迫

叫一声小姨

矜持在小姑娘身上成熟了许多

水汪汪的大眼睛

流露出圣洁的光

脖子上微微有些红晕

稚嫩的笑声，穿透了我所有的防线

我，眼光略显迷离

气质、身姿、小辫儿的晃动

让我想起了美丽和端庄

你叫我小姨

灵巧的身子随笑声远去

小时候

我小时候，太阳也很小

母亲接住很小很小的一点阳光

呵护我

我曾经抓住母亲的衣角不放

我想变成母亲身上任何东西

接受母亲的爱

我很小时，就被母亲过继给人家

不知为什么，也不想知道为什么

我的冰车陪伴我的童年
童年的乐趣从冰上来，从山里来

母亲很早就失明了
我小时候，是母亲的拐棍
我是母亲身上的一部分
小时候，除了母爱
周围都是灰色的

小时候，母亲教我做人要诚实
母亲教我礼仪，教我待人接物
小时候，喜欢母亲叫我大名
更喜欢母亲叫我乳名

母亲三十九岁逝世
我突然长大了许多

中国长城

——赞中国女足和女足守门员彭诗梦

中国长城
耸立在法国勒阿弗尔
海洋球场
凌晨，零点，时间停滞
世界又一次，见证了

中国长城的伟岸

女足精神，让

铿锵玫瑰绽放

二十四次射门，八次射正

守门员彭诗梦弹指一挥间

中国长城告诉世人

拒绝皮球入网

门神！门神！

教练洒泪

球迷振臂

女足法国世界杯

把长城精神注入防线

女足精神感动全国

防守！防守！

铿锵玫瑰顽强防守

云开见月明

中国长城

世界应当记住

中秋里的那个人

月亮睁大眼睛

寻觅那个

不愿出门的情人

呓语一千遍

中秋把月亮娶走了

一个影子病了

路歪歪斜斜曲曲折折

月亮的中秋情感

被影子拥在怀里

月饼

把月亮的里程

画成一个大大的圆

中秋里的那个人

站在圆的另一端

每逢佳节倍思亲

视线模糊了

中秋深处那个人

让中秋更增色

嘴上说的不如纸上写的

通常，相信纸上写的字

不相信嘴里说的话

最轻、最薄的信纸

承载着我们人间最重的情

在那通讯不发达的年代

捎口信，寄书信

只相信纸上的只言片语

传话，电话，不屑一顾

说多少遍的话，不真，不信
一个电报，"病危速归"
完全相信，急得要命
人，相信自己的眼睛
不相信别人的嘴巴
有一年，外婆在哈尔滨生病
三舅捎话说，好多啦
大家七八成的不信
表弟写信来，"病已痊愈"
众人欢欣鼓舞，深信不疑

收 获

天空
坦露着真诚
金黄色的碎片
飘摇的背景
搅乱了云的酣梦
从远古走来的程式
演绎着
亘古不变的定律
母亲用虔诚
把腰弯成了一座桥
希望匆匆从桥上走过
父亲

用无比坚定的信念

割破朝霞

碾碎夕阳

给一个季节梳妆

这个季节便无比生动

穿着花裙的小妹

把一轮害羞的月光

背回家

草屋、柴门

开始了轻盈的对话

农家小院

因此便富丽堂皇

归

四十年前，为生计

离家出走

少女选择自己的路

四十年后，为圆梦

锦绣归来

少女变成了富婆

富婆归来

比出走时多了两样东西

豪车和额头的皱纹

黄花闺女

白发老妇

时间跨越了年龄

年龄包容了时间

皮箱里

一半是奢华的衣物

一半是半世的年华

珍珠

泪珠

闪烁同样的光芒

把富婆进村路

照得通亮

父亲节

一双充满老茧的大手

把一个节日稳稳托在掌心

比山还高的情

比地还阔的义

在节日里升腾为意境

父亲略弯的脊背

背负着一个家庭的沉浮

一个人一生的荣辱

被父亲算来算去

喜怒哀乐是一种形式

亲情慰藉是一种过程

节日，说明什么
节日，是日历上的一种企盼
亲情与思念围满圆桌
节日如此凝重
父亲的嘱托被时间感悟
节日计算着时间的分分秒秒
父亲节的许多寄语
变成一本书
读书，是我永远的爱好

父亲，正月

父亲挽着正月的手臂
盘腿坐在炕头儿
火盆里热的二锅头
在翘起的胡子下面
吱吱作响
靓男靓女的乡下秧歌
把灯笼扭得通红
热火的有情有调的喇叭
高一声
吹出新农村的一种文化
低一声
淳朴村民的生活习俗
不安分的音符

满大街蹦蹦跳跳，忽然
撞开庄户人的柴门
在父亲的红脸膛上
被欢快的音符勾画出
春天绿色的梦

父亲的手掌

父亲，是一座高不可攀的大山。
供儿女们历练攀登。
父亲总在平凡的日子里，
留下永不磨灭的印记，
为儿女们前进导航。
父亲粗糙的手掌，
把春天翻阅得无比明媚，
把夏天梳理得枝繁叶茂，
把秋天收割成丰衣足食，
把冬天珍藏得严严实实。
父亲粗糙的手掌，
把一年四季舞动。
父亲手掌的掌纹，
掌握了父亲人生的宿命。
父亲手掌舞过的纹路，
掌握了我人生的走向。
父亲的手掌，

从年轻的光鲜，

到年老的消瘦，

清晰地见证了，

人生打磨的全过程。

童年，童年

一

从村口刮来一阵风

我的童年被风刮得蹦蹦跳跳

穿过大片的油松林、落叶松林

把记忆沾在松树的油脂上

树的年轮清晰无比

风，早已忘记了真实的年龄

让松林发出阵阵涛声

看家狗惧怕主人的申斥

声音在嗓子里绕了一圈儿

出来时清脆变成了闷哼

邻居热心肠的二哥

是我童年最亲密的伙伴

与邻居家的女儿假扮夫妻

无忧无虑，嬉笑打闹

惊醒了在村东林中产蛋的山鸡

玩伴和山鸡飞出了我的通讯录

迷恋就变成了天生的印记
羊圈房后的炊烟，顺着树干往上爬
在树顶的上空变成了一朵奇怪的云
云中生出巨型的长脚
踩着习俗的节奏夸张地前行
东西两坡飘出贴饼子的香味
酸白菜、冻豆腐在铁锅中翻滚
粘馍馍沾在童年的记忆上
让童年又涩，又甜，又心酸

二

清早，父辈们排队挑水
沁凉的清水，有一股清香
在我的童年的记忆深处筑巢
让我至今难忘
中午，蝉把山杏树吵得烦躁
蝉声一遇风吹草动
便紧紧依附在树干树叶上
太阳的高温灼热
让蝉的心踏实了许多
不知有多大年龄的街道
被老皇历踏得溜平
雨后存水的低洼处
仍有我童年稚嫩的手印
晚霞，用极其疲惫的脚步
丈量着大山的距离

西山头那棵树的投影

把自己的心事拉得很长很长

让一年四季无所适从

房上瓦垄中深睡很久的蜗牛

早把生死置之度外

被肥猪的哼哼声惊醒

不小心，滚到了地上

它遇到了又一次重生

三

当树叶发黄的时候

从外婆家传来诱人的栗香

秋天便开始了艰辛的旅程

风，一贯地不着边际地乱刮

一意孤行地钻进我的裤腿

童年的顽皮，追逐季节的香味

核桃、栗子完全把童年宠坏

被阳光过滤的想法

比实际年龄少了许多

栗子的香味，搅乱了秋天的步伐

核桃被童年咬得粉碎

进村的青石板路，滚动着

小贩略带沙哑的叫声

邻居大婶颤抖的手计算着日子

渴望老母鸡下蛋的叫声

我抽带的书包里装满不成熟的记忆

不成熟的记忆迈出柴门小院

日子更显陈旧，岁月更显无奈

扭曲的不是童年

因为童年总迈不过秋天的门槛

但秋天，仍是童年殷切的期盼

又一个季节来到

童年欣喜地增长了一岁

四

季节被风吹到天边

寒冷站满了每一个角落

滑冰车被冻得瑟瑟发抖

不言不语孤单地立在墙边

冰冷不时地进行挑衅

整个村庄显得毫无兴致

夜幕用乌云把白天捂黑

一伙童年玩伴偷偷出门

把幼稚和贪玩的欲念洒满冰面

心知肚明后果将会怎样

但为了填满顽皮的心怀

后果完全可以忽略不计

当唯一的一双鞋完全湿透

忐忑不安的心羁绊得回家的脚步凌乱

罚站不可避免，父亲的拿手好戏

寒冷摇晃着四面透风的房

心情，被温度降到了冰点

此时的人生，蒙上了厚厚一层灰尘
欲念，受到了最大限度的打击
不相信周而复始的概念
更不相信恶性循环
童年的故事才刚刚开始

心得意会

我等你

从蝉的乐曲，
到树叶回家的时刻，
时间已经没有了刻度，
我等你。
从雪的世界，
再到春的身影出现，
季节已经疲惫不堪

我等你
等到星光爬满树梢
等到太阳拥抱大地
等到大雁排成人字远去
等到大地披上洁白的盛装
我等你
我等你从春到夏
我等你从夏到秋
我等你从秋到冬
我等你从冬到春

风，吹散了我为数不多的白发
我等你

我很想

我很想在夜间与你相依
拥抱出一个爱的真谛
我很想在宁静的空间
听你嘤嘤的细语
烫平我心头的伤痕
我很想约你黄昏后
让我读懂你熟悉的身影
我很想把时间装饰
突出粉红色的记忆
我很想采撷一朵素花
送给你一片温馨
我很想出一个难题给自己
你却在我之前破译
我很想做一个轻松的游戏
失败的
却往往是我自己

我不是诗人

我是一个喜欢写诗的人

但我的确不是诗人

诗，让恋人离我很近

诗，让恋人离我很远

为了诗，我疯狂过，冷静过

为了诗，我焦虑过，善感过

因为诗，我无法与我喜欢的人相见

因为诗，我关闭了许多窗和门

在诗里，我与春夏秋冬纠缠不休

在诗里，我与高山大河天天相遇

风起云涌的画面

阴晴圆缺的表述

是诗让我站到了境界最高点

是诗让我忘却了苦闷和眼泪

一张无瑕的白纸

引我走遍天涯海角

教我辨别形形色色

教我识别黎明和黑暗

站在云端，观望世界

让诗歌拯救许多心灵

我喜欢写诗，写许多许多诗

但我的确不是诗人

我的秘密

我心中藏着一座大山

是谁也不知道的秘密
登上山顶，博览群山为自己壮胆
写诗的感觉在山顶聚集

我心中隐藏着大海
是谁也不知道的秘密
每当遇到不可知的困难
大海的海纳百川
高山的挺拔无私，让我
在困难面前是不可战胜的强者

天气晴朗的日子
我把秘密放在太阳底下晾晒
秘密受损的那小部分
长出能在阳光下跳舞的嫩芽

忽轻忽重的岁月
在我心中藏匿了很久
只有夜深人静的时候
我把岁月拿出来安抚
以后的日子变得有滋有味

乌云密布的时候
我把雷声隐藏在心底
雨点敲打着我略显疲惫的心灵
何时将我的秘密公布于众

当一个季节变成满山红叶时
我把我的秘密藏在红叶下
亿万只蚂蚁搬运着我的秘密
回到那远隔万里的新家

我的秘密不知从什么时候开始
变得十分饥饿
如果在大山中挖条隧道
如果在大海中架座大桥
我的秘密就能飞向远方

我的想象是一片绿洲

我的想象是一片绿洲
忽然，又是一个大花园
很高很帅的梓树
婆娑文雅的柳树
充满生机的草坪
野百合仰天长啸
野菊花羞羞答答
从山上到公园串门的蔡树
哗啦哗啦讲述有趣的事儿
垂柳探下身子手抚水面
与湖里的小鱼调情

莲子在水里十分寂寞

匆匆忙忙钻出水面看热闹

眼光掠到之处

温情，自由，爱恋

眼光累了，梦幻醒了

草坪里的一棵杂草

弓着身子滥竽充数

我的想念有些模糊

被惊喜的眼泪淹没

我放羊

羊，没有任何属性

从山脚到坡上

任意到它想去的地方

不小心它与天边的云混在了一起

露水草，对羊有害

因此羊

每天比太阳晚些上山

当山歌累了，羊也吃饱了

歇晌

是羊从远古时代传过来的规矩

百十只羊，头扎在一起想心事

我，才有时间啃上几嘴窝头

收坡，是羊群回村的专用词

一群羊急急到河边喝水

不能让羊群走得太快

走得太快饮水羊要生病

倚在羊圈门旁过数

羊入圈了

我踩着太阳的影子

把疲惫的身子摔在炕上

我情愿等候你

我情愿等候你

无论是望着窗外的骄阳

无论是望着户外的昏黄

无论是望着高空的月亮

如同是望着我们的未来

你曾说过，很快就来

我等候你，情愿等候你

我愿意听到你的脚步声

愿意看到你如花的脸

嗅到你柔软的发丝

我情愿等候你

等候你每分钟鲜花烂漫

我将迷醉自己

让自己沉浮在等候的最底层

是痴吗？也许是痴

但我不能拨转已发出的箭

我的思想在漫游中受阻

可怜的嫩芽被杀死

我渴望，把自己像囚犯一样交给你

我无法回头，命运抽打着我的脊梁

我情愿等着你

所有的痴想和祈祷

都在走着正确的路

痴情到了极致，是无条件的

神奇，爬上时间的顶尖

等候，永不变质

我生命中的那点灵感

大声告诉我

我情愿等候你

我是庄户人的孩子

田埂上那滴汗珠

忘记了回家的路

我是庄户人的孩子

是汗珠的魂

我是庄户人的孩子

是土地丰收的标签

田埂上那滴汗珠

是我的身份证明

祈祷风调雨顺

祝福父辈灿烂的人生

我是庄户人的孩子

愿把太阳变成温床

把星星变成雨滴

滋润庄户人的心灵

与春风夏雨对话

突出全面收成的主题

我是庄户人的孩子

田埂上那滴汗珠

与我共同做着绿色的梦

想那个人

不知什么原因

想那个人成了我的习惯

不论什么时候

当我闭上眼睛

把思念引上专用轨道

宇宙便迷糊了白天黑夜

星辰，月光，太阳

总在飘忽不定

我平静，迫切的灵魂里

那人的影像无比高大

掐断记忆的开头

我的大脑是一张白纸

往事踉踉跄跄走过

那张白纸有了崭新的褶皱

想那个人，想得深切时

似乎让历史犯了个错误

我的感觉无所适从

直觉告诉我，我没有犯错

当时间走到了解乏的驿站

我在一个沉寂的地方落泪

我多么愿意，也都没需要

让一个无法忘记、时刻惦念的人

活在我并不安分的灵魂里

当黑夜过去，黎明来临

我会调整想那个人的角度

她，永远在我心里就好

想一条河

想一条河，一条穿村而过的河

河里不光是水，还有我的兴奋点

我伸手一抓，把半条河抓在手里

河水在我手里流淌

乡情睁大眼睛看着我

瞳孔深处走出一缕和蔼的光

赤裸裸地看到我的心底处

河水温柔地在我耳边细语

清晰响亮地叫着我的乳名

时间停止了几秒钟

河水卷走了我眼中的那滴泪

一缕惊喜，一缕温情

悄悄地爬上我的额顶

一不留神，我的周围

全是我儿时在河里捉的那些鱼

我执着地、勇敢地挥一挥手

河水十分配合地蹿起老高

一个声音在我耳边清脆炸响

河水，像乳汁一样哺育了我

哺育了无数和我一样的人

每当夜深人静，拿起笔来

就想起穿村而过的这条河

寻　找

世界上，让

痴男痴女

摸不着头脑的是爱情

世界上，让

痴情男女

碰得头破血流的是爱情

大街上到处都是

丘比特的杰作

稍不留意

爱情便遭暗算

狡猾并不本分的爱情

咒骂着丘比特

躲进一个不小的角落

审时度势

把寻找当作一门功课

我耐下心来

等待一个女人落网

拉过来，安抚一下

同她一起

研究爱情究竟姓什么

照镜子

六十年，我一直与镜子里的人

对抗，有啥互不相让

但，我与其互相鼓励相依为命

不相信自己，但有时原谅自己

对镜子里的人要求严格

就如同严格要求自己

六十年，我不敢照镜子

六十年，我时刻都想照镜子

对抗、相持、对峙到和好

我与镜子里的人纠缠不休

对抗，有时也是一种妥协

年少出门求学前

镜子里的人可怜不已

但他骨子里无比坚强

眼角眉梢透出坚毅、不服输的神情

遇到困难时照照镜子

用一种眼神将困难赶走

稍有成就时照照镜子

坚持、坚定、喜悦爬上额际

如今退休了，照照镜子

稚嫩、顽皮，跑得无影无踪

苍老、成熟，占领了大部分领地

要让自己在另一个领域重新起航

照照镜子，把今后的岁月梳理

知道自己

在篮球场的罚球线上

我终于知道了自己

青春的风景，被我挥霍光了

年轻气盛，变成了永久的回忆

用疲惫不堪的姿势

解释运动中的能量

青春活力

我对他误会太深

篮球场上，实事求是的见证

两条腿，如同挂上了铅袋

双臂与心貌合神离

智慧和力量达不到统一

效果踉踉跄跄

为想象插上翅膀

为理想安上导航

心中的那点企盼、不甘

全部尘埃落地

此时，我完全知道了自己

走进文学

走进文字

心灵宁静，富有哲理

在没有月光并下着雨的夜晚

淅沥沥的小雨倾听

理性和感性的对话

灵魂与寂寞的交谈

爱情、生命、往事

被有序地排列

故事在宁静中启程

情节、悬念、结局

都值得大声喝彩

走进文字

一种痴情开始疯长

抽象思维在夜雨中

吟唱

走进文字

种子就开始迷恋

土地的芳香

阳光和水

给予了种子营养

方方正正的种子

从开花到结果

培育了灵魂

强壮了筋骨

走进文字

一个伟大的历程

便从这里开始

自　责

有一天，黄昏时刻
在小区花园小路散步
听见不知名的虫子鸣叫
声音细小，略显懒散
突然，我想起了很多，
虫儿鸣叫，是秋天的声音

鸣叫，是虫儿自己身后的财富

在寒冷到来之前

虫儿为这个世界留下自己的叫声

我已年近七旬，两手空空

留给子孙什么？

内疚、自责，让黄昏逐渐黑暗

是步履太快了吗？

疑问，在脑海里奔跑

醉酒以后

醉酒以后，一个人已经脱胎换骨

自己已经不是自己，是与自己不相干的人

反对别人，也反对自己，反对一切

推翻自己的主张是轻而易举的事

醉酒后吹牛，总嫌牛小

大话，不用编排，脱口而出

醉酒以后，把责任挂在天边

任其风吹雨打

醉酒后，只有自己是英雄

别人，全都不值得一提

醉酒以后，大多数楼房盖得不直

所有街道修得都不够平坦

连红绿灯的装置，都有许多毛病

昏黄的路灯下，醉酒后的身影

是那样的弱小无助，楚楚可怜

醉酒以后，把自己的各种欲望

雕刻到心中的石头上

各种决心，显得无拘无束

送给树

你头顶蓝天

脚扎根大地

你把日月星辰揽入怀中

冲天的气度

直搭天边的彩虹

春夏秋冬

为你不断变换角色

不论太阳欢喜还是忧愁

你仍为它微微一笑

黑夜

许多妖魔鬼怪横行

你就是一柄斩魔的利剑

你头顶上的黎明

照亮了我回家的路

你意志坚定

你情感丰富

你教会了我如何做人

你教会了我如何强大

你把无私无怨

藏在大自然的底部

融化在太阳底下的微笑

春夏秋冬才有了准星

送给你

我心中永远的树

童年与雪

翻开泛黄的记忆

时间被浓缩成精致的版块

定格在童年顽皮的画境里

童年是一幅山水画

一幅值得纪念的画

大自然的清新美丽

乡亲们的淳朴憨厚

田野里无数鲜花竞相绽放

林间小鸟柔情歌唱

鱼在水中嬉戏打闹

骑马打仗

远比琳琅满目的各式玩具

更令人神往

雪，是我童年最爱

雪球在孩童们的欢笑中炸开

炸得童年五彩缤纷

开心的笑声与雪球汇合

记录了童年的成长历程

劳累一天的村庄累了

我带着满满的收获

在梦里畅游整个童年

给我笔

给我笔

时间将无限苍老

组合、排列成一个完整的故事

抑或是奋笔疾书

诗词、传说、传奇在延续

给我笔

这个世界从此再也没有秘密

我将迷醉于这个世界

从始至终

给我笔

自然会更加锦绣

河流会更加汹涌

大山会更加雄伟

给我笔

让写作的痴迷钙化

让创作的囚笼把我监禁

最原始的范本

得到了时代的修改

给我笔

不需要做错什么

虚空与现在并存

美化是多余的程序

给我笔

就有了人间的温情冷暖

正义必定战胜邪恶

给我笔

孤独寂寞的田野

变成水草丰茂的绿洲

给我笔

忍耐中露出锋芒的视觉

把整个过程领略一遍

给我笔

世界显得丰富多彩

浩瀚渺茫的宇宙

给云插上远飞的翅膀

给我笔——

请不要伤害我

双眼流出对你的诅咒

不希望你的门前

总是风雨交加

疲倦的精神乞丐

站在你的门前

一动不动

请不要

赶走我心中的那相思

你的幽香是我的梦

沿着梦的轨迹

我逐渐成熟老练

为什么把幽香的花瓶打碎

我滚落一地

你的高跟鞋踩在上面

结束了

什么都没有发生

天边有一个声音

请不要伤害我

生活的乐章

自由是生活的属性

歌声锁在生活的柜子里

时光流动

歌声穿过时光隧道

让高山与大海结盟

浩瀚的大海挽着苍翠的青山

用一生的辉煌

把就要凝固的时光之灯拨亮

身边有无数山花

在翅膀搏击长空的声音里

纷纷凋零

生活本身就是一曲音乐

一个音符就能掀起一层

迷人的光波

生活在乐章里的人

心中都奔涌着一条

感情汹涌的大河

电闪雷鸣从生活的乐章中闪过

人才把自己的意志和灵魂坦露

一个朦胧的瞬间

生活的乐章

叩响那扇在黑夜里打开的门

诗歌的陷阱

一首诗歌，让姑娘久久不能释怀

一首诗歌，让小伙到门外张望

村东小山被诗歌感动

村中小河被诗歌撩拨

虫鸣，没了常规性的语调

犬吠，透着心不在焉

白杨树上的鸟巢

被诗歌举得很高

村外小广场上的风筝

被顽皮的孩子说成天使

谎话，在诗歌里，显得理直气壮

云朵、黑土地听了诗歌的谎话

所有的记忆，全部用诗歌包装

站在诗歌的肩上

听见阳光落在草叶上的脆响

如果相信诗歌有如此力量

稍不留神，脚下一滑

就会完完全全掉进诗歌的陷阱

诗歌细语

我喜欢诗，喜欢读诗

我也喜欢写诗

好多次，好多回

我写出的不是真正的诗

因为我十分清楚

只有诗人写出的

那才是真正的诗

愿意写诗

也是一笔财富

写诗前必须清楚

贯穿诗歌和人生的

是一种比诗歌还珍贵的品质

心情

是写出来的故事

情节

是故事的结尾

写诗

形成了一种惯性

人生境遇中的那份自由

在诗里潜行

在那贫穷的日子里

诗歌给了我许多主见

在那孤独无助的境况下

诗歌给我当家做主

有了诗歌

才有了我的全部

通讯录

手机的通讯录上有百余个名字

通讯录、电话本

像一株枝繁叶茂的大树

一个人，就是一片树叶

每年，通讯录上都有树叶掉下

来去像风一样

我不知为什么
谁也不知为什么
但大家都知道为什么
掉下的树叶像风一样
又像雪片，掉在地上化了

删掉的名字
就像摘掉的灯笼
摘掉了，灯笼也就灭了

每年，通讯录这棵树上
都要添上几片新的树叶
我很激动
新与旧，生与死
树叶的落下与新生
充实了人生的全部
一生一灭之间
自然法则使然

无　题

文字在纸张上奔跑
历史在轻微地发抖
记录下，人生的汪洋大海中
一只船在鱼腹中的影子

最后一批树叶离开树干

冬天的钟声敲响报告

报告消逝的还会来

留下的是惹人心碎的诗行

不管什么时候

我都愿做一匹马，一匹骏马

马蹄嘚嘚，一声轰鸣

人类友谊中驰开一道声响

不知什么时候

我的思考开始逃避思想

现实中的你和我

还能相互接受吗

纸上已沾满泪痕

泪痕骑在马背上奔跑

多少年的辛劳已走远

无须自责

增加的就永远是已有的

失去的是收获中的永恒

悟

我观察许久

你清澈的眸子里

好像失去了过去的光彩

不再能溶解

那般诱人的秘密

以及那些不太真实的

缺点和错误

我还喜欢你

那么美丽的谎言

痴情

早被你脸庞上的一抹红云

送上回家的路

他

还做着发霉的梦

醒时

她

光彩依旧

他

颓废不堪

却明白了一个道理

在梦中跋涉很累

心　愿

从不企盼什么

从不期待什么

只在心底孕育一种愿望

无论风吹日晒

无论风霜雪雨

和蔼可亲的表情

坚定的手势

为天边的彩虹通航

红绿灯下，公路两旁的风景

是那样的和谐流畅

献上一份祝福

把报效祖国，服务人民

谱写成一篇

安全畅通的篇章

演　戏

颜色有它自私的一面

根据自己情绪的需要

在没有喧哗、没有声张的环境里

把戏演得真真切切

山绿了，还会变得萧条

水绿了，还是污垢，让人生厌

大街上，行人匆匆赶路

无人理会角色的适时转换

颜色总是按照需要在变

演戏，是一种主动作为
一种生命意识的表达方式
被惊喜地确定之后
黎明与黄昏在演戏中精疲力竭

岁月，在演戏当中有些蹒跚
各种角色在自己的背影下
确认，演戏也是一种职业
因此，把所有的寂寞烧毁

演戏，也是一种想象
也是一种触手可及的真实
在空旷的舞台上表演
整个世界因此丰富多彩

雨对土地说

因为有季节的约会
带着无言的深情
投向你的怀抱
一种气息在宇宙中传播
我是一滴水
一滴平凡的水
我带着使命落地
完成太阳的嘱托

助你成就伟业

我是一滴水

是你身上的一滴水

是你心上一滴血

我在投向你的途中

遇到无数艰难险阻

曾头破血流

曾粉身碎骨

但我仍然是我

绿叶上的露珠

花蕊中的香汁

都是我的化身

当春雷响过

大地向我召唤

我举着那唯一的一点洁净

义无反顾地投向你

听到了你心跳的声音

同时听到了你心跳的幸福

我面对土地的博大情怀

我做着天真幻变的梦

我十分微不足道

但我面对土地

我要像森林一样深邃

我要像高山一样坚强

我要像海洋一样辽阔

请接受我吧

为了让土地更美

请接受我吧

为了让宇宙更醉

我对土地如是说

认真寻找来时的路

我把心中那块不明来历的石头

放在一个十字路口

来时的标志模模糊糊

不下乱局，我心知肚明

河里石头露出水面

山里的大风冲出峡谷

我双脚离地

来时的路已大变模样

一束思绪，长出了许多枝权

记忆染上了可恶的病毒

深度清理之后

在认真寻找中，虚无把我的心全部占领

天河，留下辛勤无奈的泪

认真寻找来时的路

机会错过无数次

雨，停在空中等着我

风，走到半路等着我

阳光一改萧瑟模样

照明了群山

照明了大地

也照明了我来时的路

昨夜梦见你

昨夜，梦

爬满床铺

恍如昙花一现

你匆匆宛如青烟

感觉很不自觉地

在墙角处发抖

是你无情

还是我俩无缘

梦碎时

我无法走出思念的船

昨夜梦见你

我把梦撕得粉碎

你把碎片装进记忆的船

感情何时发酵

梦

流出长长的泪

应天从物

刺　猬

一天中午　大雨过后
一只刺猬从屋后柴垛里
爬出来，眨着一双惊恐不安的眼睛
发现有人，立刻驻足

没有人知道，也不会有人知道
刺猬是出来透透气
还是享受雨后温暖的阳光
身上白黑相间，刺尖微紫
一只成年刺猬

当它发现人迹的时候
脖子缩回一半，眼珠微斜
身子一动不动
警惕性很高

太阳不情愿地向西走去
不屑刺猬的何去何从

当一种欲望从西山走出时
所有场景变得虚无
出来观光的刺猬
藏到我的记忆里

耕　牛

你从不多言多语
也不夸夸其谈
闷头干活，是你的座右铭
耕地的犁铧换了一个又一个
你默默向前的姿势就一个
岁月的土壤，在泥的努力下
亮出了自己的底线
闪光的犁尖映出你憨厚的性格
一排排理念成形
一行行理想成真
你按照两只牛角指的方向
把向前的理念加固
奉献与索取
你选择前者
耕牛，你是我们的伙伴
你是我们的朋友
有你的辛勤努力
才有我们的五谷飘香

耕　地

老黄牛鼻中发出不忿的声音

犁铧翻开坚硬的土地

阳光趁机钻入垄沟

把来年的希望孕育

对与错全部翻过去

犁铧只认得向前的姿势

不管前面有多少艰难险阻

扶犁人紧把住是是非非

时间下了不小的赌注

耕地耕出了对错分明

一只飞蛾

在一个季节的边缘

一只飞蛾正在检查自己的言行

是默读自己的命运

还是构思自己今后的生活

自焚，这个恐吓的字眼还未走远

一种焦渴的概念爬上来

凉爽的风，为飞蛾的困境解围

飞蛾扑火，是一种谣言

是一种现象的重生

是一种无奈季节的困惑
一只飞蛾永远忘不了温热的大度
也永远忘不了时间的残酷
喊着响亮的口号
在生与死的考验中历练

一只喜鹊

在一片云朵的追赶下
一只喜鹊停在一棵树上
悠闲的神情，四处张望
当确定周围环境安全时
低头梳理它那漂亮的羽毛
时不时向四周环顾
喜鹊，美好、和平的象征
喜鹊的浑身，无处不充满遐想
许多故事，都是从喜鹊开始
它不时张望，警惕性很高
我凝视着喜鹊
它也发现了我，停止了一切动作
忽然
它向天空鸣叫两声
不一会儿，又有三只喜鹊飞来
原来是叫来伙伴壮胆
四只喜鹊在树上蹦来蹦去

共同望了我一眼

忽地，向一个方向飞去

一片羽毛飘落在我的面前

顿时，让我想起很多很多

雨后松林

风

带走了小雨

劝停了雨滴

阳光羞涩地从云朵里走出

爬在湿漉漉的针叶上

亮晶晶的水珠

顽皮地跳到地上

发出银铃般响声

绅士一样的松蘑

在水珠的催促下

戴上一顶大草帽

偷偷地观看和揣摩

雨后松林的秘密

草坪

换上华丽的盛装

与松林一起漫步

风从松树肩头掠过

水珠睁大惊恐的眼睛

噼里啪啦跳在地上

雨后松林

多了几分温馨

多了几分联想

雨后松林

是心中追逐的梦

雨打梨花

雨似脱缰的野马

近似疯狂地拍打着梨花

时间梳理着不错的心情

从远古传来一个声音

从此

一个传说娓娓道来

梨花满腹心事

在雨打中把心事袒露

雨肆虐得让人心碎

肆虐

让梨花变得铮铮铁骨

梨花经过雨的洗礼以后

娇媚

在诗人的笔下生花

雨打梨花是永恒的题材

一个世界明朗了

雨打梨花

还是那充满诱惑的典故

雨把自己下得精疲力竭

太阳刚刚露出笑脸

梨花就完成了脱胎换骨的蜕变

玉兰树

温度爬上玉兰树的肩头

一片躁动惊醒了玉兰树的神经

一缕鹅黄，毫不本分地

从树杈里钻出

每一个细节

都十分生动活泼

温暖的品质在玉兰树上筑巢

鸟的歌声被季节放大

打乱了玉兰树的思绪

从天边最远处

飘来一朵白云

在玉兰树上开花

风卷走了

河水里月亮的倒影

在躁动和宁静的争论中

玉兰树花开似锦

孤独

被玉兰树抛向天边

春意盎然的烈火

被玉兰树点燃

玉兰树在长江以北又安了一个家

葵 花

太阳被葵花追得累了

似乎很受伤

倚在西山后背上休息

血液染红了天、山、地、森林

葵花效仿太阳，追随太阳

因此得名向日葵

向日，是葵花的全部

太阳从东边爬上来

葵花便面对太阳

送上一副和蔼可亲的笑脸

中午，葵花抬头望着太阳

祈求太阳的恩典

当太阳站在西山的肩头

葵花的笑容最灿烂

当夜幕挡住了太阳的余晖

葵花低头想着心事

明知留不住太阳的升起和落下

葵花仍很执迷

雨天，太阳在天边避雨
葵花，给自己心里画一个大大的圆

柳　树

河边的柳树

留住了春天的脚步

一个爽朗的季节

在柳树旁边宣誓

柳枝编织的帽子

扣住了无数不成形的童心

柳树的率先垂范

让风有了感人的风采

柳树的嫩绿

让蓝天更蓝

柳树挽留住了秋天的脚步

让绿把季节拉长

柳树是一面旗帜

柳树是绿的使者

把柳树的一生撮成一团

抛向浩瀚的天空

日渐跳跃的思维

与柳树一样更新

小区里的白玉兰

偶然一次，在小区内
我闻到了白玉兰开花的香味
清淡，细腻，奔放
那是白玉兰完全开放时
玉兰
南方的宠儿
依然决然离家出走，成了
北方的娇客
当春天还在犹豫时
白玉兰便迫不及待地
率先十分自信地告诉人们
她，才是报春的天使
白玉兰，亭亭玉立
安恬，纯粹，美好
白玉兰，站在那里
分解了命运的苦痛
风，轻柔了，温顺了
整个小区居民陶醉了

与花恋

一个春天的早晨

她爱上了一盆花

一盆尚未开花的君子兰

每天与君子兰对视，对话

她与君子兰相恋

君子兰发出的香

是她们相恋的结晶

情绪兴奋时

她与君子兰默语，对视

心情郁闷时

她向君子兰倾诉

或坐在君子兰旁边

久久不肯离去

君子兰是她生活的大部分

她进出形单影只

只与君子兰相依相恋

她抚摸着君子兰的嫩叶

心，咚咚跳个不停

脸颊发红发热

遇到困难，君子兰与她分担

如有喜事，君子兰与她共享

与君子兰相爱相恋

她的人生不再孤独

与花恋，在这个大千世界

是一种奇迹吗

答案永远不会迷失方向

山顶上一棵树

山顶上，长着一棵树

十分帅气、挺拔的一棵树

游人说它是一种风景

独树一帜，独领风骚

学生说它是教科书

教会学生刻苦学习天天向上

农民说它是一种力量

跟它学会坚韧、坚强

诗人说它十分孤独

孤独里闪烁着七分诗意

山顶上长着一棵树

树有时很平凡，有时很伟大

看见那棵树，想起那棵树

乡愁便插上翅膀

飞翔在城市的大街小巷

梦见家乡山顶上那棵树

梦，笑出了声

路边一枚松塔

汽车过去，呼啸声已远

一枚刚刚落下的松塔

惊魂未定

我好奇地捡起这枚松塔

青黄相间证明

松塔是受外界之力而落

松塔，塔状让人遐想

五到七层不等

塔内构造奇特

木质的塔块排列整齐

举起松塔冲着阳光观看

断断续续

光线从缝隙流溢出来

转动松塔

松塔内似乎住着许多人

看看松树

再看看松塔

松树像一个宇宙

松塔是宇宙里一个星球

认真想一想

山、水、房屋还有我们

都在松塔中

健身树

一棵很不起眼的油松

静静地站在小区楼旁

伸出的许多枝杈

恰似欢迎拉伸的臂膀

寒来暑往，春夏秋冬

多少人在它身上吊、打、推、拉

默默无语，朴实无华

奉献，付出的典范

树身，被健身人摸得光滑

没有了计算年轮的笔画

多少次风吹雨打

但总与人交流依旧

时间，回放着许多情景

松树在小区里成了名人

岩石能被时光风化

树与时间交织在一起

时间与树成为永恒

树与人的友谊，是一堵

隔开时光风化的墙

健身树，在小区里家喻户晓

树不会开口说话

但树给予我们的一切

都十分珍贵

值得我们在心底珍藏

江边一条小路

海南的江边

有一条通往家的小路

往返于这条小路

似乎天经地义

落潮留下的贝壳、海蟹

是小路的标记

小路蜿蜒曲折

好似有许多话要说

坎坷是小路内心的元素

踏上小路心就踏实了许多

海风，潮湿、惨烈的目光

合唱一支曲子

各种水果的叫卖声

在小路上挤来挤去

让小路长了许多

狂风暴雨肆虐着小路

小路明显短了不少

海南文昌烧鸡

在小路上出名

小路上的细沙

在小路上显得十分长寿

老玉米

经过一个酷夏的摔打

你强壮的体魄

把老农的心撩得痒痒的

你曾在雨季立下誓言

帮着老农把丰收两字

写满大地与苍穹

几场雨过后

你梳理一下心情

毅然决然地

把红缨顶在头上

在你最风光的季节里

粒粒皆辛苦

由古诗长成现实

你计算着时间

让秋天的脚步

走得更加浓重有力

在天高云淡的日子里

你深情的眼眸

寻找去老农柴院的路口

甘愿做一次新娘

嫁到农家小院

红高粱

一团一团火红的情节

从原野烧向天空

从山谷烧到河畔

一直烧向深深的巷子

把酿酒作坊照得通亮

你的头顶离天最近

因为你的招牌在天上

你的意志和品质

像酒曲一样有滋有味

香醇浓烈的老酒

诠释了你的功德

你浑身散发着酒气

让所有秋天的故事

在你这里找到全部答案

落　叶

你牢记自己的历史使命

告别青翠欲滴的家园

你把金秋硕果

唱成浓蜜般的清香世界

翻开岁月的画板

露出你鲜亮的主题

十分喧闹的森林里

喧哗热闹的沟谷旁

悄悄飘落春夏的记忆

你不依恋丰收金秋

你不贪图荣华富贵

合着缠绵的秋雨

心甘情愿化作一点春泥

孕育蓬勃挺拔的绿色梦

花

爱花

是一种情操

曾是那样的虔诚

当情人节不紧不慢的脚步

来到小城深处

情人胸前的玫瑰

把凄凉的风

调理得乖乖巧巧

孤傲得出了名的红梅

在吐香放蕊的同时

恋人的世界

变成了花的海洋

大海上盛开的浪花

把恋人的时间剥夺得干干净净

能把太阳月亮的意志

举向天空·

有了浪花

大海才变得

交响乐般雄浑

赞美诗般精彩

雪花

圣洁的使者

把邪恶压得粉碎

为热情的春天导航

幸福的泪花

总会用纯洁、温馨打碎梦的枷锁

让梦

自由地从地平线上起航

槐花开时

那一年，很特殊的一年

槐花开时她走了

槐花一年开一次

难忘的记忆一生只一回

教室里

一个熟悉的声音

握住我炽热的思念

我挣扎成疲惫不堪

路的远端是山吗

山的那边是路的尽头吗

我拼命地跋涉

手心攥出了汗

怕一时大意，疏忽

那个秘密溜出去

在走投无路的时候

把我心的海洋搅乱

因此

每年槐花开时

心絮

都会与槐花一样

盛开，盛开

在不经意的时候

与槐花一起

落满一地

共同走过

人和树，共同走过

同是地球上的生命

头顶同一轮太阳

脚踏同一片土地

在人的岁月中

有笑，有泪，有悲伤

在树的生活中

有电，有雷，有风霜

人和树有着共同的信念

不求长生不老

但求活得有分量

当人栽下一株小树

就注定要像小树那样

活得坚强向上

树用形象书写语言

教会人在宁静中

思考

向往

人和树

在漫长而短暂的岁月中

携手通过共同的心灵栈道

走向所有的生命深处

古　树

久久地，坚定地

把大山和自己站成典故

执着地，用时间

把自己和庙宇装扮成传奇

多少次拜读暴雨风沙

多少次摔碎电闪雷击

粗糙的皮肤

把时间和年轮孕育

揉碎了

多少孤独和寂寞

一圈圈年轮里，收录了

大山的欢乐和忧愁

太阳一天讲述一个故事

古树用坚韧的性格

把故事编辑成集

供后人阅读和欣赏

刺　槐

你的脚下

没有温柔的河水

没有流油的土地

你却深恋着这片土地

风打着呼哨

擦着鹅卵石的肩膀滑过

贫瘠和恶劣的环境

成了你脚下的一道风景

你忠贞于贫瘠，面对恶劣环境

你像孝顺的儿子

在贫困的母亲怀中站立

你艰辛地吮吸着

贫瘠土地中那一点点营养

却比那些富足的娇子

长得更高，更强，更壮

干旱苦涩的资本
培育出你忠诚的翠绿
太阳
为你的顽强驻足
大风
为你的壮举而驯服
最后
你把缠绵温柔的绿荫
还给贫困的母亲